歴史探偵
開戦から終戦まで

半藤一利

文春新書

1344

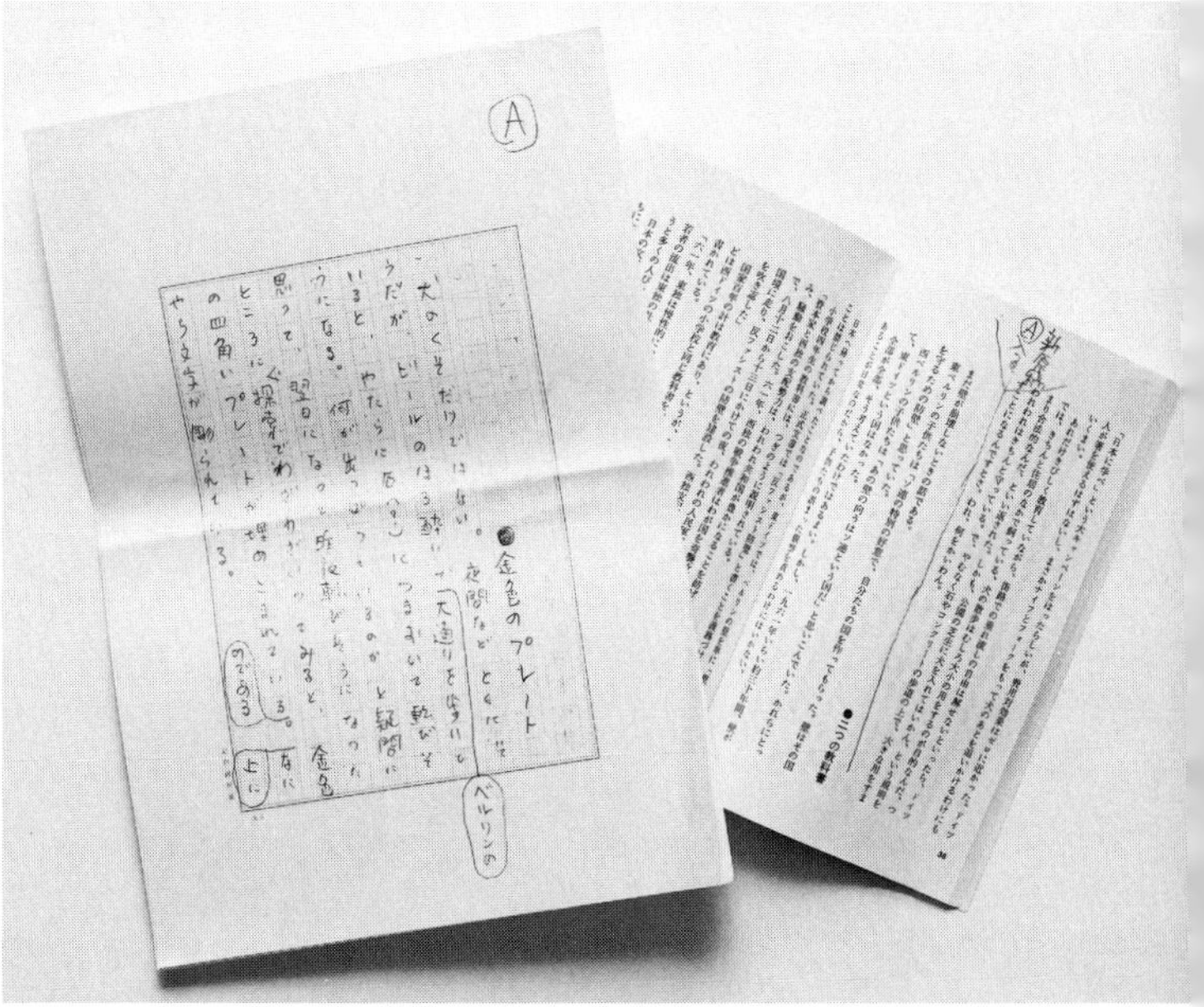

本書のために執筆された新原稿。挿入箇所も細かく指示があった

歴史探偵　開戦から終戦まで◎目次

本書に収録した原稿の中で、明らかな誤字や脱字などは、著作権継承者と相談の上、修正を行った。また、ルビなども新たに加えている。一部の見出しも改めた。
編集部による補記は〔 〕で表記している。

第一章　提督たちのリーダーシップ

第一章は一九八四年に「埼玉県自治研修所　埼玉県市町村職員研修協議会」で行われた講演をもとに、著者が手を加えたものである。

原題　太平洋戦争下の提督たちのリーダーシップ

はじめに

ご紹介にあずかりました半藤でございます。

ここに来るまでは実は、助役さんというと、若い方も沢山おられるのではないかと思っていたのでございますが、まいりまして、市長会の事務局長さんにお聞きしましたら、平均年齢が、だいたい六十歳位じゃないかと承りました。私は現在五十四歳ですから、先輩の方を差しおいて、太平洋戦争の話とは、おこがましい話だと、控室で若干妙な気持ちになった訳です。

お聞きしますと、巡洋艦「高雄《たかお》」にお乗りで、戦争に参加された方も、この助役研修の中にいらっしゃると伺っております。巡洋艦「高雄」と言えば、レイテ沖海戦という世界史上最大の、最後の海戦にも参加し、潜水艦の魚雷を食いまして、残念ながら、レイテ湾に突入というような、大激戦には参加しなかった訳ですが、いずれにせよ栄えある最後の決戦に臨んだという歴戦の艦でございます。

そういう艦に乗っていた方もおられる、ということで、そういう方を目の前にして、「太平洋戦争下の提督たちのリーダーシップ」という主題でお話しするのはどんなものか、という気もしないではないのですが、許された時間内でお話しさせていただきます。

四十年のサイクル

日本の歴史というものをずーっと眺めますと、四十年という区切りがまことに面白い。四十年間で区切って歴史をみてみますと、非常に面白いことがわかってまいります。

アメリカのペルリ提督が、日本の幕末に浦賀にまいりました。そして、東京湾に入ってきて、強引に日本とアメリカとの間の和親条約を結ぶわけです。翌々年にハリス提督が下田にまいりまして、現在でいう大使館をつくって、日本との間に修好条約を結びました。これが朝廷の勅許も下りて正式のものとなる。慶応元年（一八六五）です。その年から、日露戦争が終わって、大勝利で日本が勝つまで（明治三十八年＝一九〇五）が、四十年です。この四十年間というのは、作家の司馬遼太郎氏の言葉を借りて言えば、日本がまさに、坂の上の雲を目指して、坂の上まで駆け上がっていって、近代帝政国家になった四十年間だと思われます。そして、日本は、世界の五大強国の中にはいり、世界の注目を浴びる国になった。

その日露戦争が終わって、一九四五年に太平洋戦争で負けるまで、ちょうどまた四十年間になります。これは、明治人がつくり上げた近代国家というものを、その後の日本人が、坂道を転げ落ちるように転げて、元《もと》の木阿弥《もくあみ》にしてしまうという過程ではないかと思います。ということは、維新いらい四十年かかってつくり上げた近代国家というものが、いかに矛盾に満ちたものであったか、底のほうに、大きな誤ちを抱えながら、坂道を駆け上がったのだということの証拠じゃないかと思います。そういう矛盾とか、欠点とか、錯誤が露呈して、その後の四十年間で、坂道を転げ落ちたということです。

そして、戦争が終わってから、来年がちょうど四十年になります。この四十年間という年もまことに面白い年で、その坂道を転げ落ちた日本が、もう一ぺんスタートから出直して、まさに新しい近代民主国家をつくってきたという四十年間ではないかと思います。自由民主とか、高度成長とか、スローガン的な言葉が沢山ありますが、そういう言葉とは別に、日本人の中に、しっかりとした国と人を思う心があって、新しい平和な国をつくろうということで、四十年間かかって、営々としていまの日本を築き上げてきた。

ところが、この四、五年前ぐらいから、もう皆さん方も、身にしみて感じておられると思いますが、その戦後日本も、何となしにガタが来ているのではないか。それは、政治的にも、経済的にも、文化的にも、精神的にもいえるようです。若干以上のガタが来ているのではないか。ということはまさに、変わり目が来つつあるということではないかと思います。

新しい四十年が来年から、もしかすると始まるかもしれません。それは、電子工学の時代であるのか、あるいは輝かしい未来であるのか、あるいは宗教心・信仰心も、ヒューマニティも、その他のことを全部失った、我利《がり》我利《がり》亡者《もうじゃ》ばかりの、まことに寂しい人間の時代であるのか、それはわかりませんが、新しい四十年が始まろうとしています。

歴史というのは、そういう具合いに、四十年ごとに区切ってみても、仕方のない連続的なものなのですが、ある種のものの見方からすれば、そういう連続の中の断絶と申しますか、一ぺん区切って考えてみると、歴史が、非常によくわかるというところがあるのではないかと思います。

リーダーシップは国の個性がでる

ここから、太平洋戦争の話に入るわけですが、太平洋戦争というような、一時代前の、はるかかなたの歴史をちょこっとやってみたところで、何にも教訓になりはしないという面もあるかと思います。

なお、ここで言っております太平洋戦争というのは、日米・日英戦争を指します。つまり、昭和十六年十二月八日から始まった戦争を指します。日中戦争ないしは、その前の満州事変を入れれば、また別の見方も出るかと思いますが、この場合は、昭和十六年十二月八日、真珠湾攻撃に始まりまして、昭和二十年八月十五日の終戦の詔勅をもって終了をした戦争を言います。わずか三年八カ月です。そんな短期間のこと、しかも敗け戦さにどれだけの教訓があるのか、というふうに思われますが、少なくとも三百五十万人以上の人が死んでいるあの太平洋戦争です。そこに、教訓というのはないわけはない。

つまり、あの戦争において、さまざまな形で現われた日本人の生き方、日本人のものの考え方、日本人の判断の仕方、そういうものが現代にも通じているのではないか。つまり、現代にそれを教訓として、あるいは戦訓として取り上げて、われわれの充分な反省の鏡として見ることができるのではないかということです。それで今日のお話になるわけです。

きょうは、リーダーシップという言葉を使います。これは、最近のはやりでございます。指導者の在り方、あるいは、指揮官の統率力、あるいは上に立つ人間の責任感とか、いろんな風に訳されると思いますが、日本人の間には、戦前には、リーダーシップなどという言葉はなかったと思います。いまそういう言葉がはやり出しています。

実際は、リーダーシップというのは、ご存知だと思いますが、軍隊用語です。これは、特に欧米の軍隊で、軍事用語として、大いに論じられるわけです。戦前の日本には、リーダーシップなどという言葉はございませんし、また軍事用語として、リーダーシップという言葉が日本の国民の間で論議されるほど、残念ながら日本は、開かれた国ではなくて、軍事というものは、まことに閉ざされた面でのみ、日本人の間で考えられていたわけです。簡単に言えば、ある日突然に、赤紙一枚で引っ張っていかれてということにつきるのですが、背後で何が行われているのかわからない状態で、日本の軍隊というものが形成されていたわけです。欧米の場合はそうではございません。ある程度開かれております。したがって指揮官の、指揮を取る人達の人間性の問題、あるいは責任感の問題、あるいはどうあるべきかというような義務の問題ということで、盛んに論じられている訳であります。

ですから、リーダーシップと簡単に言いましても、それぞれの国の国民性、ないしは民族性、伝統、風俗、習慣、そういうものによって大きく支配されるわけです。

明治のリーダーたち

日本の場合は、もちろん明治以前は正式な軍隊というものはございませんから論外といたします。したがって明治以後ということになりますが、日本の明治以後の軍事の特色というのは、昔の武士が政治家にもなり、将軍にもなったというわけでございます。つまり、幕末の志士、桂小五郎が明治維新後は木戸《きど》孝允《たかよし》と名前を変えて、各大臣を歴任した。山県《やまがた》狂介《きょうすけ》という幕末の長州藩の侍が、後の山県有朋《ありとも》となり、日本の陸軍大将となり、総理大臣となって、日本の国をつくっていく。武士にしてしかも政治家、つまり、武官にして文官であった。文官にして武官。これが日本の明治期の指導者です。その特色でだいたい日露戦争までの日本を築いていくわけで、ここのところが先ほどの四十年間の歴史でございます。

　そして日露戦争が終わって、いよいよ日本も堂々たる近代国家になったわけです。同時に軍隊も近代化しなければならないということから、昔のように武士が政治家兼任の軍人であるという時代ではもはやないのではないかというところから、武と文が分化します。専門化というわけです。

　しかも国際的にも乗り出していかねばならぬ。そのためにも、特に軍隊を近代化しなければいけないということで、日本の海軍はイギリスに学び、日本の陸軍ははじめフランスでしたが、日露戦争前ぐらいからドイツ、昔のプロシヤに学ぶということで、国家の近代化と同時に、軍隊も近代化していった。

どういうことが、日本の軍隊の近代化でいちばん大事なことだったかと言いますと、参謀に非常なポイントが置かれた点です。そこから日本独特のものが生まれた。日本の軍隊は、だいたい幕僚政治の方向をとるのです。つまり、司令官を中心にして、何人かの参謀がおり、その参謀によって計画されたものが、司令官の承認を得て遂行され、実行されると、こういう一つの幕僚政治が、日本の軍隊の基本になるわけです。このために明治十年代、二十年代に早くも陸軍大学、海軍大学がつくられました。ご存知と思いますが、陸軍士官学校、海軍兵学校は士官養成所です。陸軍大学と海軍大学は、参謀を養成するところです。したがいまして陸軍大学、海軍大学を出ませんと、参謀、つまり、幕僚には、なかなかなれなかったわけです。いずれにしても、そういう組織をしっかりとつくって、まず参謀にポイントを置いた。

そうしますと、日本のリーダー、指揮官というものは、どういうことになってしまうか、というと、いろいろなことを知っていても、知らない顔をしているのが名指揮官であるというふうにされるわけです。一方、アメリカとか、イギリスというところでは、指揮官になると、自分の幕僚は自分の目で確かめて、これはと思う人間を選んで、幕僚にすることができる。現在でもそうだと思います。

ニミッツとミッドウェイ

太平洋戦争の話で申しますと、アメリカにハルゼイという勇猛果敢な提督がおりました。この提督が真珠湾以後の劣勢のアメリカ艦隊を率いて、太平洋をあっちこっちと走り回って、昭和十七年の春ごろにちょっかいを出した。これをヒット・アンド・ランと野球用語で言っていますが、あっちに飛び出して攻撃を加えてさっと逃げる。そして次にはこっち、という作戦を組みました。そして一番最後に昭和十七年四月十八日の、ドーリットル中佐の指揮する爆撃機で東京大空襲を敢行して、日本人の度胆を抜いて、さっと引き揚げていった。意気消沈していたアメリカの士気が大いに昂揚しました。

ところが、この人が、東京大空襲の直後に、体中にジンマシンが起きて、どうにもならないという病気になって、神経的な病気だと思いますが、倒れてしまうわけです。そのとき、日本海軍は、ミッドウェイとい

チェスター・ニミッツ

う島を攻略するための、いわゆるミッドウェイ攻略作戦を考えています。それをアメリカは、暗号その他で察知して、迎え撃つという状態になったわけですが、指揮官が精神的ジンマシンで倒れて、病院に入ってしまった。さすがにこれには困りまして、ニミッツという日本でいう連合艦隊司令長官が、病院にいるハルゼイに、お前の代わりの指揮官には誰がいいかと聞くわけです。ハルゼイが、それならば、私の機動部隊を援護していた巡洋艦の艦隊の司令官スプルアンス少将がいいと言う。ニミッツは、よしお前の推薦のとおりにしようということで、スプルアンスを引っこ抜いて、これを中将に昇進させ、機動部隊の指揮を取らせる。

　というようなことは、およそ日本では有り得ないことです。日本では、だいたい下からいく年功序列制で、階級を登っていく。海軍も陸軍もそうですが、だいたい大尉を四年やると、少佐になり、少佐を五年やると中佐になる。これは、戦争中は早くなりますが、中佐を何年やると大佐になるということで、だんだん上に登っていくわけです。そして、少将・中将・大将となる。

　アメリカの場合は、面白い組織があって、特に海軍がそうなのですが、少将までは順ぐりかもしれませんし、あるいは抜てきもあるかもしれませんが、とにかく少将までは、どんどんみんな昇進していく。日本の場合は、少将にまでいくのが大変な上に、少将から上にいくのがさらに大変で、少将まで来ますと、あいつはさらに上にいく、こいつは引退してもらうということで、陸軍少将、海軍少将で予備役になって引退される方が多いわけです。そして残ったものだけが中将・大将に進む。そういうことで、少将が士官学校や兵学校を出たほとんどの人の行き止まりの階級なのですが、アメリカはそうではなくて、少将のところでプールしておく。それ以上は特別の人のほかは上げない。そして、作戦に応じて、この仕事はあいつがいいというので、その人を抜てきして、中将や大将にして指揮を取らせる。そういうことをやる。

レイモンド・スプルアンス

ですから、日本の山本《やまもと》〔五十六《いそろく》〕司令長官以下の機動部隊が、真珠湾を攻撃して、敵の船艦をぶっつぶした。そうすると、それまで太平洋艦隊司令長官だった、つまり、連合艦隊司令長官であったキンメルという大将が、たちまちクビになりました。その直後に、ルーズベルトは、次は誰にやらせるかで非常に困るわけです。そのときに、少将クラスを全部見回して、あいつがいいというので、先ほど申しましたニミッツ少将が抜てきされて、たちまち大将になって、ハワイに着任し、連合艦隊の指揮を取らせるという、こういうことをやるわけです。このニミッツ大将は、海軍の序列の順番でいくと、上から二十六番目の提督だった。二十六番目の人を、いきなり引き抜いて、艦隊のトップにすえてしまう。向こう側に大西洋艦隊司令長官というのがいますから、完全なトップではございませんが、少なくとも、トップ三、四人の中に入るところに引き抜いて、それに全権を持たせて、指揮を取らせる。そのかわり、失敗したりすると、また少将に戻す、とそういうことをアメリカは平気でやるわけです。

アメリカ海軍の組織

ある一つのプロジェクト、仕事をやらせるために、もっとも有能と思われるものを課長にしようということで、係長からさっと課長にする。ただし、その仕事が全部終わると、また元の係長に戻すという形だと思います。つまり、係長を沢山つくっておいて、その仕事仕事に応じてその中から抜てきして課長にするということをアメリカはやる。時には、係長からいきなり部長になり、局長になるということもあるわけです。

これが、太平洋戦争中のアメリカの組織のものすごいところです。そのかわり失敗しますと、たちまちクビになる。それで、太平洋戦争の三年八カ月間に、二十六人の将軍や提督が前線で、こいつはあかんというので、クビになって、少将に戻されたという。大体において勇気の欠けた人々がクビになっています。アメリカの組織というのは、そういう具合いに、リーダーシップというものが、非常に大事にされていました。そのために、少将でプールして、抜てきもあれば、降格と申しますか、クビもある。と言っても軍隊をクビになるわけではありません。元の少将に戻って、もう一ぺん別のその人にふさわしいことをやるということになるわけです。

日本型リーダー大山巌

そういうような形を、欧米が取ったのに対して、日本は、日本の国民性から、あるいは伝統から、そのようなことはとてもできません。日本では、幕僚による、つまり参謀による一つの機関をつくって、その上に指揮官は乗っかって、その指揮官は知っていても知らない振りをする、知らない顔をするのを、名指揮官とされました。

それからもう一つは、幕僚というものを自分で選べない。陸軍の場合は参謀本部がこれ

山本五十六

を人選する。海軍の場合は海軍省人事局が人選をする。そして、幕僚を付ける。これはどちらがいいかというのはなかなか難しいのですが、陸軍の場合は参謀に権威をたくさん持たせるために、参謀本部が選んでいたようです。海軍は「軍人は政治に関与すべからず」という、軍人勅諭の言葉を信じまして、文官的な海軍省という省部の人事局が幕僚を決めていました。だから、山本五十六長官が宇《う》垣《がき》纒《まとめ》という参謀長を嫌っていても、これは海軍省人事局が決めるものですから、山本長官はノーと言えないわけです。それが海軍の一つのしきたりでもあるし、みんなが守らなければならない一つの義務だったのです。そのために山本さんと宇垣さんのコンビネーションがはじめから悪くて、これがのちのち戦争指導、戦術指導に影響していくわけです。それはのちの話になります。

　いずれにしてもそういう形で参謀が選ばれますから、逆に虫の好かないヤツ、馬が合わないヤツ、嫌なヤツ、自分が嫌っていたヤツが、自分の下の参謀に付いても、彼らを使いこなせないようなものは、大した指揮官ではない、リーダーではないという、こういうのが日本の指揮官に求められる顔であったわけです。

簡単に言ってしまえば、知っていても知らない振りをする、虫が好かないヤツが来ても、うまく使いこなす、この二つができないような人物では指揮官としての資格がないということから、日本の国では日露戦争時代の指揮官にその典型を求めました。たとえば陸軍の大山巌《おおやまいわお》元帥ですが、日露戦争のときの満州軍総司令官です。つまり全陸軍の戦争の責任を負った人ですが、その有名な話として、ある朝起きて参謀達が一生懸命やってるところに来て、大山元帥は鹿児島出身の人ですから鹿児島弁で「きょうは朝から音がドンドンとし申すが、どこかで戦争ちゅうものがあるのかな」というようなことを言ったという。そのくらい実に泰然自若として、大きな戦争が行われているにもかかわらず、悠々としたものであったということを、われわれも子供のころ習ったものです。

ところが実際はそうではなくて、大山巌という人は、非常にやかましい人だったそうです。つまり参謀たちが勝手に自分を除外して作戦を決めて、勝手に戦術を決めて、それによって戦争を指導しているのはけしからんということに対する猛烈なる皮肉だったのです。したがってそのときは児玉源太郎《こだまげんたろう》参謀長以下が、シュンとした顔になったそうです。実際はそうなのですが、ところが色々な本などに書かれているのを見ますと、さすがは堂々たる司令官というので、参謀達はにこやかな顔になり、元気百倍、戦争を続けたという美談になっている。

東郷平八郎と日本海海戦

同じことは東郷平八郎《とうごうへいはちろう》元帥にも言えるわけです。東郷さんは、日本海海戦の直前に、朝鮮の鎮海湾に全艦隊を待機させまして、大西洋からインド洋、南支那海を渡ってバルチック艦隊は間違いなく九州沖に来る、九州と朝鮮の間の対馬海峡にやって来るというので、泰然自若として腰を落ち付けていた。連合艦隊の人達はみんな、東郷元帥の「ここに来るでごわす」の一言によって、ほかのことを考えずに、対馬沖でバルチック艦隊を迎え撃って、これを撃滅しようというので、猛訓練に励んだというのが、いままでの日本海海戦のお話です。

　ところがこれもよく歴史の裏を見ますと、とてもそんなことではないのでして、どこへ来るか、まったくわからない状態でした。どうやって計算してみても、もう来なければならないバルチック艦隊が現われない、というので大騒ぎであったという。五月二十三日、遅くとも二十四日にバルチック艦隊が対馬沖に姿を現わすはずである。それなのに現われない。ことによると太平洋を遠回りして、宗谷《そうや》海峡ないしは津軽海峡から日本海にはいり、ウラジオストックに向かったのではないか、という計算が成り立つのです。それで、そのために連合艦隊は、どうにもならないくらい迷いに迷うわけです。

対馬沖に来るならば、鎮海湾に待っていればいいのですが、もしロシア艦隊が津軽海峡から抜け出た場合には、ウラジオストックに入れないために、連合艦隊が全速を挙げて北上をしていっても、とても迎え撃って、これを全部撃滅するというわけにはいきません。というのは津軽海峡からウラジオストックまでの距離と、対馬海峡からウラジオストックまでの距離を比べると、津軽海峡からのほうがはるかに短いわけです。

ですから連合艦隊を全部対馬海峡に配置しておいていいのかということで、非常に迷ったわけです。もしウラジオストックに全部バルチック艦隊がはいった場合には大変なことになる。日本の補給線が危くなる。輸送船が次から次とねらわれるかもしれない。それでなくても満州の広野では兵力が足らず、弾薬が足らず、食糧が足らずで困っている。陸軍は三月十日に奉天会戦では勝ちましたが、ハルピンで決戦をする覚悟でいたわけで、ハルピンにはロシア陸軍が日本の三倍近くの兵力を用意して、日本軍を迎え撃つ構えをしており、もし日本軍が来ない場合には奉天まで下がっていって、日本軍をたたき潰そうという準備を整えていたわけですから、大変な状態にあったわけです。

そこへバルチック艦隊が対馬沖に来ないで、津軽海峡のほうへ行ってしまっていたらどうするのかというので、連合艦隊ではすったもんだ、すったもんだでやっていた。そしてついに密封命令というものをつくります。命令というのはすぐに発信いたしますが、すぐに発信しないで、封筒に入れて「何月何日何時何分にこれを開けよ、開けた時間に命令は下されたものと思え」ということで、封をした命令書を全軍に渡すわけです。それは「五月二十五日午後三時までにバルチック艦隊が対馬沖に来ない場合は、全軍直ちに二〇ノットで北上、北海道渡島《おしま》北東何カイリの地点に集合せよ」という命令文で、それを全軍に渡した。つまり連合艦隊司令部はバルチック艦隊が対馬沖に来ないと覚悟を決めたわけです。ところが、その連合艦隊の中に、バルチック艦隊は対馬沖に来る、ほかには絶対行かないと頑強に言い張る男が二人いました。一人は藤井《ふじい》較一《こういち》大佐という第二艦隊の参謀長、もう一人は第二艦隊第二戦隊司令官島村速雄《しまむらはやお》少将です。この二人が猛烈に反対をいたしまして、東郷司令長官に、じか談判に及ぶわけです。「長官は何を考えているか知らないが、バルチック艦隊は対馬沖以外には来ないのですぞ、それを何ですかゴタゴタして」というわけです。東郷さんはびっくりして二人の説明を聞いた。そうすると藤井較一という大佐は、だいたい海軍軍人は理数系に強いのですが、それに輪をかけて理数科に強い人で、数字の上から石炭がどのくらいあって、どういうスピードがあって、どうするとどうなって、どうなるということを、全部数的に説明して、そして、「バルチック艦隊は二十六日夜、ないしは二十七日の朝に対馬のはるかかなたにやってくるはずである。したがってそれまでは動く必要はない。二十五日午後三時をもって全軍北上して、渡島沖に行くなどということは、まったくの無駄足である。そんなことをしていてバルチック艦隊が対馬沖から日本海に入ってくれば、それをはるかかなたから迎え撃つことになるので、そんなことをしていたらとてもじゃないが大変だ」と主張しつづける。

　連合艦隊司令部は驚きまして、連合艦隊の参謀が集まってこの二人を取り囲んで、ワンサワンサとやるわけです。すでに決定済みだの、お前たちは馬鹿じゃないかとか何とか、盛んにやられるわけです。ところが島村司令官という人は、すごく元気な人でして、つい四カ月前まで連合艦隊の参謀長をやっていた人ですから、非常に発言力のある偉い方です。その人が「何を言うか、藤井の計算をよく見ろ。藤井の計算は、お前たちの勝手な理屈や、勝手な想像や、イマジネーションよりはるかに正確だ。この数字からすればバルチック艦隊は、間違いなく二十六日の夜ないしは二十七日の朝に対馬沖にやってくる。それに決まっているではないか」と言って、頑強に突っぱねるわけです。

東郷元帥はその大激論を聞いていて、「ではもう一日待ちましょう」と言うわけです。このもう一日待ちましょうという一言が、非常に大きかった。これは二十五日朝の大激論でしたが、そのとき東郷さんがもう一日待ちましょうと言わなければ、その日の午後三時をもって密封命令が開けられて、全艦隊は北上してしまう。もう一日待ちましょうという東郷さんの言葉で、二十六日午後三時までと一日延ばされた。これが幸いをした。

というのは二十六日の昼ごろ、敵の一部の艦隊が上海に入ったという情報がとどく。これは主に油槽《ゆそう》船ですが、バルチック艦隊はすごい遠洋航海をしてくるので、油槽船その他をいっしょに連れてきていた。それを最後になって、ロジェストウェンスキー中将が油を全部各軍艦に給油して、いらなくなった油槽船を上海の港に入れたのです。油槽船をいまごろ上海に入れるようだと、これはまだ南支那海にバルチック艦隊はいたんだということが日本海軍にはわかります。バルチック艦隊はまだ南方洋上にいる。藤井大佐の計算が正しいということになり、密封命令は全部取り消されまして直ちに破棄しろというので、みんな破いて捨てちゃった。

そして二十六日の夜を待ち、二十六日から二十七日の朝にかけて、信濃《しなの》丸が例の「敵艦隊見ゆ」という警報を発するわけです。まさに間一髪のところで、東郷元帥の指揮する連合艦隊はバルチック艦隊を対馬沖で迎え撃ち、まったくのパーフェクトゲームを演ずるわけです。

藤井さんという人はあまり名前はご存知ないと思いますが、その功績をもってこの人は大将になりました。「バルチック艦隊が対馬沖に来るんだ」という一言だけで大将になった人といっていい。その後あまり大きな仕事はしておりません。というのはそういう算術計算の上手な人ですから、そちらのほうでばかり使われたというか、要するに指揮官としてではなくて、むしろ名参謀として働いた人です。そして大将になりまして昭和のはじめに亡くなります。

これが真相なのですが、これも東郷さんの方からすると、不名誉なというとおかしいのですが、あまりいい話ではない。事実はそうなのですが、東郷さんが連合艦隊を率いて、泰然自若として鎮海湾に在り、「敵艦隊は対馬沖に来る」とその一言だけを常に言って、日本の連合艦隊はバルチック艦隊を迎え撃って、敵を倒すことができたということに戦訓はなっていったわけです。

つまりリーダーシップというのは参謀に任せっきりで、自分としてはこれだけはやるぞという大事な一点を決めておけばよろしい。あとはみな参謀にまかせておけ。わかっておっても知らない顔をして、泰然自若としていろという、そのようなリーダーの理想像というものがつくられていったわけです。

威厳と人徳

ところが、本当のリーダーシップというのはそういうものではない。アメリカやイギリスでは、何十年にわたって懸命に指揮官とはどうあるべきかということを研究しているのです。日本ではそういう研究はいたしませんで、いま申しましたような形からもっと進んでいって、昭和三年に統帥綱領《とうすいこうりょう》というものを、軍隊を統帥するための、指揮するための綱領というものをつくります。それは日本のリーダーシップとはこうあるべきだということを決めた文章です。

お読みになればすぐわかるのですが、たとえば高邁《こうまい》なる品性が指揮官には必要であるとか、非凡な洞察力が必要であるとか、卓越した識見が必要であるとか、豊富な経験が必要であるといったことがいろいろと書かれています。それは結局詰まるところを言いますと、指揮官というものは、個人の威徳をもって指揮すべきである。つまり個人の威厳と人徳をもって指揮すべきであるというのが、統帥綱領に書かれた日本の指揮官の理想像なのです。

威厳と人徳ということから言えば、東郷元帥がそのほかのことは一言も発せず「バルチック艦隊は対馬沖に来ます」と言って、泰然自若としているというのも一つの威厳であります。それから大山元帥のように「そうでごわす」、「よかでごわす」ということでそれで全部すましてしまうのも一つの人徳です。そのかわり部下は縦横に働けるということで、それに尽きるということなのです。

つまり日本の指揮官というのは、個人の威厳、威徳と人徳によって形成される。それが備わっている人が名指揮官ということになる。突き詰めて言えば、その統帥綱領に書かれているように無限の包容力が指揮官には必要であるというふうになるわけです。そういう無限の包容力というまことに漠然たる言葉で日本の指揮官は四捨五入され、これでいいんだということになってしまったわけです。これが日本流のリーダーシップであった訳です。

評判の悪い指揮官

しかし無限の包容力などというまことに得体の知れないもので、近代戦の太平洋戦争を遂行していこうとしたところに、日本の無謀というか、豪胆というか、すごい点があるわけです。そのためにどういうことになったかというと、まず第一に、自分の持っている大事な権力と言いますか、権限ですね、自分がこれはやらなければならないという権限をまったく行使することなく、そのかわり責任も取らないという指揮官が続出するわけです。つまり全部幕僚まかせ、参謀まかせで、失敗したときは参謀の責任でオレのせいじゃないという、こういう指揮官が沢山出てきた。

いちばん評判の悪いのは東条英機《とうじょうひでき》総理大臣とその片腕と言われた富永恭次《とみながきょうじ》という陸軍中将です。富永中将はフィリピンがいよいよ米軍の侵攻下に置かれ、日本海軍がレイテ沖で大きな戦闘をやってぶっつぶれて、いよいよ米軍のルソン島上陸を迎えるというときに、第四航空軍という陸軍の大飛行部隊を指揮しておりながら、自分だけさっさと台湾に逃げて行った。そういう有名な話があります。

このとき富永中将は指揮官として、何を決断したかというと、幕僚が全軍の航空作戦の指揮を取るためには、敵の弾丸が飛んでくるフィリピンにいたのでは駄目だ。むしろ台湾に行って、台湾から全軍の指揮を取ったほうがいいということを決めるわけです。そうすると富永司令官はそれがいいというので、さっさと飛行機を用意して、幕僚を連れて台湾に飛んでいってしまった。それは逃げていったのではなくて、台湾に新しい軍司令部を作って、そこで航空戦の指揮を取ったということになるのですが、実際は逃げていったのではないかということが言われているわけです。

これなどは権限を行使せず、権限は幕僚まかせ、そして責任も取らない。彼に言わせれば航空戦の指揮を取るために台湾にいったので、逃げたのではないから責任は取る必要はないというので頑張っている。こういう例が沢山出てくるわけです。

ミッドウェイの南雲長官

二番目は権限は行使しないが、それは幕僚まかせでやって責任だけは取るというタイプです。権限は使わないでみんな幕僚まかせ、お前達好きなようにやれということでやらせて、しかし最後の責任はオレが取るというもう少し上等な指揮官が登場する。日本の指揮官の主な人達は、だいたいこれに当てはまります。これはかなり多いので、例を挙げる必要もないくらいです。

たとえば〔一九四一年〕真珠湾攻撃に向かった南雲《なぐも》忠一《ちゅういち》司令長官がそうです。これは先ほども申しましたが、日本の海軍の組織が年功序列制で来てますから、たまたま太平洋戦争直前に、あれだけの大連合艦隊をつくって、司令長官に山本五十六を置くと、第一艦隊

南雲忠一

の司令長官は誰、第二艦隊は誰、第三艦隊は誰、第四艦隊は誰、第一航空艦隊は誰というふうに、順番で決まってしまうわけです。そしてたまたま第一航空艦隊、つまり空母機動部隊の司令長官に南雲忠一という中将がなりました。

山本五十六連合艦隊司令長官は、機動部隊を率いて真珠湾攻撃をするという、戦史にない破《は》天荒《てんこう》なことを実行するときに、南雲君ではどうも頼りないから小《お》沢《ざわ》治《じ》三郎《さぶろう》君のほうがいい、彼に任せたいと思い盛んに進言をするのです。ところが小沢さんは戦争の始まる直前に、その前年の十一月に中将になったばかりで、まだ一年たっていない。南雲さんはその前の年に中将になっている。すでに一年たってる。一年たたない中将は司令長官になれないという、まことに妙な不《ふ》文律《ぶんりつ》があって、どんなに山本長官が頑張っても海軍省人事局は駄目と言う。そういう順番じゃない、順番は南雲さんだ。小沢さんはもう一年たたないと駄目という、まことに単純明快な答えが返ってきまして、南雲さんになってしまいました。戦時なのに平時同様の人事をやっている。これじゃ勝てません。

しかも南雲長官は大砲専門家です。夜襲戦をやって、ドカーン、ドカーンと大砲をぶっ放して、敵に命中させるということが仕事で、若いときからその仕事だけで来た人です。その人に航空戦の指揮を取れというのですから、すごい話です。順番からいくとそうなるものですから、南雲さんがなりました。

そのかわり南雲の下に、航空戦の、飛行機のことをよく知っている参謀を沢山付けるから安心しろというので、南雲さんの下に航空戦に強い参謀が沢山付いた。草鹿《くさか》竜之介《りゅうのすけ》という参謀長、そして航空参謀に源田実《げんだみのる》といった人々が付くわけです。ですから南雲艦隊と言いながら、人は源田艦隊、源田艦隊と陰では言っていた。当たり前のことですが、全部源田さんがやったことを南雲さんがただ「ウン」と言うだけです。源田さんが「こうやりましょう」と言うと、「ウン、そうせい」と言うわけです。もちろん参謀長の草鹿竜之介というのは、航空科上がりですので、源田さんがいくら頑張っても、草鹿さんがそれはちょっとやり過ぎだとなれば訂正させますが、南雲さんは航空のことは知りませんから、全部「ウン、ウン」と言うわけです。

これはいいときは非常にいいのですが、悪いときは非常に悪くなってしまう。〔一九四二年〕ミッドウェイ海戦に日本海軍が出撃していきました。ミッドウェイ海戦というのはご存知だと思いますが、ミッドウェイ島を攻撃すれば、ヒット・アンド・ランで逃げてばかりいる敵の機動部隊が必ず迎え撃ってくる。そこで航空戦に持ち込んで、敵の機動部隊を徹底的にたたいてしまおうというので、山本長官の連合艦隊司令部が作戦を組み立てて、それを南雲さんが指揮官として実行したわけです。

そのとき源田さんは、ミッドウェイに向かう航海中、ずーっと風邪を引いておりまして、肺炎に近い風邪を引いて三十九度ぐらいの熱がずっと続いて、やっとこさで海戦のはじまる朝くらいに、フラフラしながら起きてきまして、本人は何も言いませんが、たぶんもうろうとした頭で作戦を考えたのでしょう。つまりミッドウェイ基地を攻撃中にも、一応出てくるかもしれない敵機動部隊のために、魚雷を用意しておきましょうということで用意しておいた。ところが敵の機動部隊は出ていないだろうとはじめから決め込んでいるものですから「長官、もうそろそろ陸用爆弾に替えましょう」というので魚雷をみんな爆弾に替えてしまったところ、敵の機動部隊が出てきたというので、すったもんだやるわけです。

そのときは南雲さんは何も言わないわけです。みんな源田参謀の言うとおりにやっている。戦闘機をつけてやらないと危険ですから、いま空中にいる戦闘機をいったん全部降ろして魚雷を積んだ攻撃機、爆弾を積んだ爆撃機、そして戦闘機と、この三つの総合的な編隊を組んで敵を撃滅しましょうというので、戦闘機は降りろ、降りろというので降ろしてしまいました。これは日本の機動部隊を護衛している戦闘機ですが、これを降ろして全部揃えて堂々と行こうじゃないかということでやっているときに、アメリカの急降下爆撃隊が襲いかかってきたのです。そしてポカン、ポカン、ポカンと赤城《あかぎ》、加賀《かが》、蒼竜《そうりゅう》という三つの航空母艦が命中弾を受けてたちまち火に包まれてしまうということになるわけです。

　このとき本当に航空戦を知っている司令長官であるならば、航空戦というのは寸秒を争う戦いであるということをよく知っていたと思うのです。それは昔のように、艦が一時間に二〇ノットとか、二五ノットで走って撃ち合いをするのとはわけが違う。一ノットというのは一時間に一カイリ走る速度です。一カイリというのは一・八キロですから、二〇ノットというと三十六キロですか。せいぜい自動車の走るくらいの早さです。そのくらいの速度で軍艦が走ってやる戦争と、一時間に六百キロも飛んでいく零戦による戦闘とは、根本的に違う。飛行機による戦闘は一分一秒を争うわけです。

　源田参謀は戦闘機乗りですから、戦闘機を非常に重視する。戦闘機のない攻撃機など出したってしょうがないのだから、戦闘機を付けようということを言って、南雲さんはその言うとおりにする訳です。そして戦闘機を降ろしたり、爆弾を積み替えたり、モタモタやっているときに、敵にやられてしまった。

この海戦は、南雲さんが、いやいまは一刻一秒を争う。戦闘機を付けないで攻撃機だけ出そうというような決断をすれば、また話はぜんぜん別になったと思います。

現にそれをアメリカの機動部隊がやっているのです。先ほど申しましたハルゼイが、自分の後釜として選んだスプルアンス中将は、敵の艦隊がどこにいるかはっきりわからないけれども、早朝から索敵機を出しているけれどわからないわけです。だが、とにかく全部飛ばしてしまおうと言って、飛行機を、攻撃機を全部空母から飛ばしてしまう。そして日本の艦隊を見つけた瞬間に、そちらに向かわせようという強引な作戦を取ったのです。それはスピードこそ航空機の本義であるということをアメリカの指揮官は考えたからです。

したがってそのときのアメリカの編隊は、戦闘機は戦闘機、雷撃機は雷撃機、爆撃機は爆撃機でバラバラにある方向に向かって飛んでおりまして、そして索敵機が「敵機動部隊見ゆ、何々の地点」というのが入ったとたんに、各編隊の指揮官が「全軍何々の地点へ向かえ」ということで飛んでいったわけです。ですから、あのときの攻撃は、まず雷撃機が単独でやって来て、みんな日本のゼロ戦に落とされてしまった。それから戦闘機が到着して、日本の戦闘機と空中戦をやっている。そして日本の戦闘機はそれをやっつけちゃったから、もういいだろうというので、いまの話のようにみんな下のほうに降りてきたり、あるいは航空母艦に着艦しているときに、アメリカの急降下爆撃機が上空に現われたわけです。つまり時間差攻撃です。しかしこれは結果的に時間差攻撃になったので、向こうはそういう巧妙な作戦を組んだわけではなく、スピードこそ大事だということでやった結果として、そうなったのです。

　話が長くなりますので飛ばしますが、そういう具合いに、南雲さんのように、権限はぜんぜん行使しないが、責任は取るという態度が一つある。南雲さんはミッドウェイ海戦で負けたあと、一度は死のうとしたがとめられる、そして山本長官に辞職を申し出ます。一方、草鹿参謀長は山本長官に、「長官、残念でなりませんので、もう一回やらせてください」と言って頼みます。山本さんのここが悪いところなのですが、山本長官は人情味の厚い人ですから、「よしわかった、オレがいいようにするから」と言って、「決して切腹などしないように」と言うわけです。山本長官はその約束を守り、源田参謀の首は切りましたが、南雲と草鹿の二人のコンビには、もう一回機動部隊を指揮させます。

　そして今度は、ガダルカナル争奪戦が起きたときに、南太平洋海戦という大きな海空戦が行われますが、このときもこの二人が機動部隊を指揮している。このときは一度失敗しているから、二度目は失敗をしないように慎重に戦って戦いには勝った。航空母艦三隻対二隻でやったのですが、こちらは一隻も沈まないで、向こうは沈没一隻、大破一隻ということで南雲さんがミッドウェイの仇を討ったわけです。そのあと人事異動があるのですが、南雲さんは最後はサイパン島で戦死をしております。

牟田口廉也とインパール

それから三番目は権限は行使する、むちゃくちゃに行使するが責任はいっさい取らないという指揮官です。そういうのが出てきた。何でもいいからオレの言うとおりにやれと言ってやらせて、うまくいかないと「お前達のやり方が悪いからだ。馬鹿もんッ」と言って、自分は責任を取らない。その典型は、ビルマにおけるインパール作戦を構想した牟田口廉《むたぐちれん》也《や》中将ではないかと思います。

その牟田口さんという方がインパール作戦を計画した。彼は第十五軍の軍司令官です。そして上級のビルマ方面軍の軍司令官などはそっちのけにして、どんどん自分の権限において話を進めて、竜とか、弓、菊、烈とか、そういう兵団を四つもつくり、インパールを攻撃させた。それがうまくいかないと、麾下《きか》の師団長を残らず辞めさせて、首をすげ替えてもう一ぺん攻撃させるのですが、これも失敗をして、ちょうど雨期であったわけですが、その中で日本軍は惨たんたる敗北を喫するわけです。これはまさに牟田口さん一人だけの大相撲なのです。

この牟田口という人は大変な方で、盧溝橋《ろこうきょう》事件のときの連隊長で、太平洋戦争がはじまってからはシンガポール攻略戦の師団長です。そしてインパール作戦における大軍司令官です。牟田口さんという人は武勲赫々たる、ものすごい経歴の持ち主なのですが、やっていることは乱暴の一語に尽きるという人もおります。いずれにしろその権限によってすべてのことを実行させるという、その迫力においては人なみ外れているのですが、最後のおのれの責任となると、全部部下に押し付けてしまう。お前達のやり方が悪いからだということで、結局責任は取らない。

それから最後は、これはリーダーの理想であるわけですが、権限も十分に行使するが、責任も取るというタイプです。これが指揮官の理想像ではないかと思います。こういう人達は、残念ながら太平洋戦争ではあまり日本にはいないようでございます。陸軍では今村《いまむら》均《ひとし》大将、阿南惟幾《あなみこれちか》大将、海軍では小沢治三郎中将、大西滝治郎《おおにしたきじろう》中将らがとっさに想い出されます。山本五十六大将もまあ、そのなかに入りましょうか。ただし山本さんの場合は大きなマイナスつきです。
では、理想の指揮官とはどういう条件を備えている人か、そのことをもう少しくわしく考えてみたいと思います。

リーダーの八つの条件

さきにも申しましたが、ヨーロッパとか、アメリカにおいては、リーダーシップについては、非常に深く考察をされております。こういう人間が本当のリーダーシップを取ったいちばんいい人間であるということで、いろいろな論がなされております。その論を取りまとめて、幾つか読んだことがあるのです。そういうことから、理想の指揮官、リーダーシップというのは、こういう人間を言うのではないだろうかというのを区分けしますと、八つくらいに分けられると思います。

一番リーダーに要請されるものは、その最大の仕事は決断することです。自分で決断することです。これが最大のリーダーシップだと思います。二番目は部下に対して明確なる目標を与えること、これが二番目に必要とされている資格です。三番目は常に権威を明らかにしておくということです。これは下剋上と言いますか、部下の言うとおりにならないというためにも大切です。四番目は指揮官は常に焦点の場所に位置せよということです。要するにいちばん大事なところに位置せよということです。

　これは陸軍と海軍とでは違います。陸軍は全軍を展開させるために若干後方にいなければなりませんが、海軍の場合は全艦隊を率いるためには最先頭に立ったほうがいい。そこで指揮官先頭という言葉があります。ですから必ずしも指揮官は先頭に立つべしということではなくて、指揮官はここだと思う焦点の位置にあらねばならぬ、ということです。

　そのいちばんいい例は、桶狭間《おけはざま》の決戦の織田信長であったといえましょう。戦機がくるまでじっと清洲城にいる。やたらに動かず、情報をすべてここに集中させ、そして、いまこそチャンスとみたら、少数の部下を率いて疾風のように出撃し、先頭に立って敵の本陣を襲う。実に指揮官として、常に焦点の位置にいたといえます。

　五番目は、この情報収集ということに関係もしますが、情報は確実に自分の耳で聞けということです。これは自分で取るというわけには指揮官の場合はいきませんので、情報は自ずから参謀あるいは部下達が持ってくるわけですが、それを確実に自分の耳で聞けということです。また聞きのまた聞き、伝聞ではいかんということです。

　六番目は想像と現実とを切り離せ、あるいはロマンと現実とを切り離せということです。

想像、イマジネーションというものを、しっかりと切り離す。このへんのところはのちほど説明いたします。

七番目は部下に最大限の任務の遂行を常に求めよということです。それを単に「まあちょっと行って来てくれたまえ。ダメかもしれん。相手は何と言うかわからないが」というようなことではいけないということです。「これはこうなんだから相手を説得してこいよ」とはっきりと言って、最大限の任務の遂行を求める。それが指揮官として大事なことだということです。

八番目は規格化された理論にすがるなということです。つまりいろんなしきたりとか、あるいは長年やってきて、これはこういうふうなものだと決められた理論ないしは慣習というものがありますが、そういうものにすがってはいけないということです。

たとえば昭和十七年にドーリットルの日本空襲、ハルゼイがやったことがいい例です。昭和十七年の四月に、ハルゼイが日本の本土のそばまで航空母艦を二隻引き連れて、その上に何と陸軍の爆撃機を乗せて、しのび寄って来たわけです。そして陸軍のB25爆撃機を十六機、航空母艦の上から発進させて、日本本土を爆撃し、そのまま中国本土の蔣介石《しょうかいせき》軍の飛行場に着陸させた。

　これはおよそ規格はずれの作戦です。航空母艦というのは、艦上機という航空母艦から飛び立つことができるような軽い、滑走距離の短い飛行機のためのもの。それだけが航空母艦から飛び立てると思われていた。ところがハルゼイという男は、何とか日本に一泡吹かせたいと、考えに考え抜いて陸軍の飛行機Ｂ25を積んできて、航空母艦の甲板をいっぱいに使いＢ25を発進させた。そのとき見ていてハラハラしたそうです。航空母艦を出ましてからいっぺん飛行機がぐーっと沈んで、高度が落ちて、海面スレスレにまで高度が落ちてまた上がっていったという。そういうことをやって東京爆撃をやり、りゅう飲を下げてアメリカ国民のファイティング・スピリットをかき立てたわけです。そういう破天荒なことをハルゼイはやっている。指揮としてはまさに規格化された理論にすがらずに自分で考え抜き、自分で開発して、そしていちばんはじめの問題に帰るわけですが、リーダーシップに求められる決断をしたということです。

　もう一つ例を言いますと、これはガダルカナル戦でのことです。ガダルカナル島に米軍が上陸をして、そこで日米の両陸海軍が死闘を展開いたしました。そして一本のアメリカの飛行場ができたばっかりに、制空権をとられ、日本軍としては戦闘がうまくいかない。ということから、山本連合艦隊司令長官の決断をもって、戦艦をあの狭い海域に入れようということになった。ガダルカナルとフロリダ島の間の狭い海域に戦艦が侵入するなどということは、過去の戦史にはないことなのです。それをあえて決断をして、その狭い海域に夜、ひそかに戦艦を入れて飛行場を戦艦の砲弾をもって叩きつけてしまおうというのです。

　十七年十月に金剛《こんごう》・榛名《はるな》という二つの戦艦が乗り込んで、ガダルカナルの飛行場に、その三十六センチ砲弾をドカン、ドカンと撃ち込んで、完全に使えなくして引き揚げるという作戦を敢行したわけです。そして見事な成果を挙げました。

　そこまでは規格化された理論ではなく、新しい発想に基づく戦艦の使い方であり、攻撃法であったわけです。ところがこれが成功したばっかりにそれではというので、その破天荒な理論を当然の理論のようにしてしまい、つまり、一種の規格化をしてしまいまして、もう一ぺんやってみようじゃないかということにした。そして翌十一月に比叡《ひえい》・霧島《きりしま》という二隻の戦艦を、またガダルカナルに送り込んだのです。

　アメリカはいくらなんでも馬鹿じゃないですから、日本戦艦がまたガダルカナル島のそばに来たけれど、あの野郎達はただウロウロしているのではなくて、また入って来るぞということを見込んで、アメリカも最新鋭の戦艦を用意して、もちろん魚雷艇その他小艦隊をたくさん用意して、日本の企図を見抜き、迎え撃つわけです。そのために比叡は沈没、霧島も沈没という結果で、日本海軍の柳の下のドジョウをねらった意図は、はかなくも潰えてしまったのです。これなどは最初は破天荒な理論であったものを規格化された理論にして、それにもう一ペンすがったことによる結果であったと思います。

　いずれにしても権限も行使し、なおかつ責任を取るというしっかりしたリーダーシップを持った人は、少なくともこのくらいのことは考えたほうがいいのではないかという条件として、八項目をあげたわけです。もちろんこの八項目には限らず、もっとあると思います。たとえば部下というものは常に自分を見ているのだということを、常に意識しておけということも大事なことでしょう。しかし、少なくとも世界の名指導者が言っている、たとえばチャーチルが言っている、あるいはロンメル将軍が言っている、ハルゼイが言っていることを取りまとめてみますと、この八つの中に入るのではないかと思います。

日本海軍の対米戦略

　その八つの条件の中でいちばん大事なのは、もちろん決断ですが、それと同時に二番目の部下に明確な目標を与えようということが、非常に大事であることをちょっと詳しく申し上げたいと思います。

　これは何べんも出て来ますが、山本五十六連合艦隊司令長官の話です。山本さんが真珠湾を攻撃するということを自分で着想し言い出し、これを大西滝治郎に研究を命じ、大西さんは源田実参謀にさらに研究を命じ、同時に山本長官は自分の幕僚の中にいる、連合艦隊司令部にいる黒島亀人《くろしまかめと》という先任参謀に研究を命じます。この黒島亀人大佐という人は、非常に妙な人で、先任参謀をもじって変人参謀とまわりで言われている人でして、自分の部屋にこもりますと、窓を全部黒い布で閉じて、戸をガチャンと締めて、真っ暗な部屋の中で電気もつけずに香をたいて、香のいいにおいのこもった部屋の中で、素っぱだかになってふんどし一本で毛布をかぶり、考え抜くわけです。もちろん昼飯にも出てこなければ、朝飯にも出てこない。従兵がコンコンとドアを叩くと、「はいれっ」と言うので、ガチャッと開けて入ると、真っ暗な中で一人頭を抱えて知恵をしぼっているという妙な参謀なのです。

　山本長官はこの人が非常に好きだった。そこで黒島参謀に頼み、それから大西滝治郎、源田実という航空畠出身の二人に、別々に考えさせて真珠湾攻撃の計画をつくったわけです。これはまさに山本さんの、連合艦隊司令長官としての大決断があったわけです。

日本の海軍はアメリカと戦争するということを、明治四十（一九〇七）年から考えています。明治四十年というと日露戦争が終わったすぐあとです。そのころの軍令部長が東郷平八郎で、海軍大臣は山本権兵衛《やまもとごんべえ》（大臣在任は明治三十九年まで）です。そういう偉い人たちが全部集まって、明治天皇の御前会議において、日本のこれからの国策を決め、作戦方針を決定したわけです。したがって明治四十年以来、営々として日本は対米戦争の戦略戦術を考えていたわけです。

　では何を考えてきたかというと、対アメリカと戦争をする場合、日本海軍は、どんなに頑張っても日本の国力をもってしては、アメリカ本土まで押し寄せていって、アメリカの海軍を打ち破ることはできない。その国力的な差がとにかくあるからということで、アメリカの海軍を日本のそばまで引き付けて、日本のそばに攻め寄せてこさせ、これを迎え撃って撃滅しようという作戦であった。これを邀撃漸減《ようげきざんめつ》作戦と言っております。そのためには、アメリカ海軍が日本まで来る途中の太平洋にひろく潜水艦を出し、攻撃して少しずつ減らしていく。さらには駆逐艦による挺身夜襲戦をやり、少しでも多く向こうの艦を沈めて、だいたい対等の力で日本の近海で、日本海海戦のような艦隊決戦をやろうということを考えていた。

その決戦場としては、はじめは日本近海ということを考えていたのですが、そのうちに日本もだんだん国力が付いてきましたし、艦の性能も増したので、少しずつ遠ざかっていって、最後はサイパン島付近、マリアナ海域で決戦をするというところまでいったわけです。最初はもっと近いところ、フィリピン沖ないしは沖縄沖あたりでやるつもりでいたようです。

いずれにしろ迫ってくるアメリカの大艦隊を迎え撃って、少しずつこれを減らして、少しずつたたいて、日本の近海に来たときには、ほぼ対等の立場でこれを迎え撃って、大艦巨砲にものをいわせ撃滅しようという大構想を練るわけでございます。

そこでこの戦略にもとづいて「月月火水木金金」の猛特訓がはじまるわけです。水雷戦隊は夜襲につぐ夜襲という猛訓練をし、戦艦、巡洋艦などの大艦は大砲の命中率を上げるために猛訓練をする。「百発一中の砲百門は、一発必中の砲一門と同じだ」というわけです。迎え撃つ限りにおいては艦隊決戦ですので、艦隊運動というのが、艦と艦とのつながった運動というのが大事だということから、艦隊運動の訓練に全力を挙げました。

そういうことで猛訓練をしたために、夜間演習で衝突事件が起きたり、台風下の猛演習で駆逐艦が転覆したり、艦首がふっとばされたり、凄惨な事件が昭和の初期にいくつも起きました。が、それを乗り越えて、アメリカと戦争する場合にはそれ以外に勝つ戦法はないということから、懸命に頑張るわけです。

ではどういうところに日本としては勝機があるかというと、日本はアメリカの七割の力を持っていればたぶん大丈夫だろうと考えていました。向こうが十でこっちが七の艦隊でも、向こうからこちらに来るまでに、向こうの性能も落ちるし、志気も衰える。疲労とか何とかという人間の問題もありますからね。同時に潜水艦や夜襲戦で途中で少しずつでも沈めますから、十の力が八ぐらいに落ちる。そこで仮に八対七で戦争をすれば、日本は大丈夫だろうというから、アメリカに対して七割の海軍ということが盛んに言われたわけです。明治末いらい、それが日本海軍の対米戦略でした。

ところが山本長官が考えたのは、そんなことはとんでもない話であるということです。七割の海軍であろうが、八割の海軍であろうが、アメリカと戦争をしてはならないのである。アメリカと戦争をしたならば必ず負ける。何となれば決戦というのは一ぺんやったならば、それで話がつくというものではない。昔の戦争は一回両方の艦隊がぶつかり合って、決戦というものを行いますと、その勝った負けたで、だいたいケリがついた。それが昔の海軍常識の決戦だった。日本海海戦も、第一次大戦の英独海軍によるジュットランド海戦もそうでした。だが、これからの戦争はそういうものではない。これからは決戦につぐ決戦、また決戦ということで、決戦というのは次の決戦をするための決戦であり、その決戦はそのまた次の決戦をするための決戦である。つまり決戦というものは永遠に連続する。したがって一ぺんこっきりの大決戦、艦隊決戦などというものは有り得ない。仮に有り得たとしても、そのときに日本が半分やられ、アメリカの三分の二をやっつけたとしても、次にまた向こうがその国力をもって艦隊をつくり、七の艦隊を持ってきたときに、日本は七の半分で三・五しかない。向こうは七でこっちが三・五ではどうなるのか。それで決戦をやって、こちらが半分やられれば一になってしまう。アメリカはまた造り直してくるから、次は五でやってくる。これでも勝利があるというのか。したがって日本はアメリカと戦争をしてはならないのであるというのが、山本五十六長官の考え方であった。

山本五十六の決断

ところが当時の海軍の軍人というのは、太平洋戦争前の話をしますと、常に陸軍だけが悪いような話になっていますが、これはとんでもない話で、少なくとも昭和十五年の終わりぐらいから昭和十六年の戦争がはじまるまでは、むしろ海軍が対米戦争へ引っ張っていったと言っていいくらいだと思います。そのくらい反米派、対米強硬派、親ドイツ派が海軍中央を占めたわけです。海軍省の中にもそういうのがいて、軍令部の中にもそういう連中が政戦略の天下を取っていた。そして対米強硬派でない対米避戦派、必ずしも対米和平派ではないのですが、アメリカと戦争はしてはいけないという対米避戦派と言われていた人達、井上成美《しげよし》、山本五十六、古賀《こが》峯一《みねいち》、米内《よない》光政という人達は、全員地方に追われていました。

そのような状態で、「今ならば対米七割で勝機がある。二年後には対米五割で勝てない」と叫び、戦争へ、戦争への道を歩いているときに山本長官が言ったことは、

「お前たちは戦争が簡単にできると言い、戦争に勝つと言っているが、そんなものではない。この戦争はやってはならないのである。なぜならば、それは負けるからである」と。

そういうことを盛んに言うわけです。しかしなにせ連合艦隊長官ですから、瀬戸内海の柱島の戦艦長門《ながと》の中から叫んでいるわけですから、とても海軍中央、東京まで届かない。そして戦争への道をどんどん歩いていってしまったわけです。

そのために山本長官が考えたのは「それならば、日本海軍が明治四十年いらい考えてきた、アメリカ艦隊邀撃漸減作戦のようなそのような戦略では、オレはいっさい戦争はしな

い。オレはオレ流のやり方でやる。どうしてもアメリカと戦争をやれと言うのならば、オレ流のやり方でいく。それが駄目と言うならば、連合艦隊司令長官をクビにしろ」ということで、最後にねじ込むわけです。それが真珠湾奇襲戦略です。

山本長官は、そのようなねじ込み方をしないで辞職をすれば良かったと思うのですが、そこがリーダーシップの難しいところで、そうすると全軍の長として無責任だということになる。連合艦隊司令長官というのは、少なくとも天皇の命によって日本の国土、および日本の国民を守るために任命された重大な任務である。それを自分勝手にオレは辞めたというわけにはいかない。また辞められるものでもない。

しかし逆に言うと、本当に日本のためを思うならば辞めたほうが、むしろリーダーシップを発揮したと言えるのではないかと思うのですが、そのへんは非常に難しいところです。少なくとも山本さんは軍人ですから、義務感旺盛《おうせい》の方ですから、ついに辞めずに、そして真珠湾攻撃作戦という、破天荒というよりは、誰もがあきれ返るような大作戦を考え出し、自分で決断をするわけです。

山本連合艦隊司令長官の偉さは、この決断にあります。しかしこれは山本さんが、戦争はしたくない、してはいけないということを突き詰めて考えに考えたあげくの決断なのです。ところがこれを中央は最後まで突っぱねるのです。そのような作戦は認めないと。アメリカとの戦争は明治四十年いらい考えてきた邀撃戦法、つまり迎え撃って艦隊決戦に持ち込む戦法をやるべきである。大和《やまと》・武蔵《むさし》はそのために建造した。それ以外の戦法は認めないと言って、大議論が起こるわけです。そこで山本長官はそれではオレは辞めると言って辞職を決意し、黒島参謀が東京に談判に行って、どうしてもこの作戦を認めないというならば、山本長官以下幕僚は全部辞職しますと言って、最後のおどしにかかった。

　中央はそのおどしに負けまして、そこが海軍の組織の悪いところなのですが、戦争をするとなると連合艦隊司令長官には山本五十六以外にいない、人望・識見・包容力ともに彼こそ最高の指揮官である。これは悪い意味の日本の指揮官像ですね。包容力のある、識見もある、とにかく人気のある、タレント性があると言ってもいいでしょう。それに序列的にもこの人、山本五十六しかいないということで、山本五十六の辞職ということにすっかり恐れをなしてしまいまして、それではしょうがない認めましょうということで、真珠湾作戦が正式に認められることになる。昭和十六年の十月初旬のことです。それまでにもちろん準備は十分にしておりますが。

真珠湾作戦の真の意味

ここまでは山本さんは自分のリーダーシップ、自分の責任において、懸命に自分で考え抜き、自分の権限を行使し、しかも決断をしたというまことに賞讃するに足る指揮官であったわけですが、しかし、残念ながら山本五十六という人はそこから先が悪い。

山本五十六が真珠湾攻撃を考えたのは、対米戦争はしてはいかんが、起こったからには向こうを徹底的にやっつけて、やっつけて、やっつけ抜いて、向こうの闘志をくじいて、国民の志気をくじいてやる気を失わさせて、何とか早目の講和に、勝利ではなくて、話し合いの講和に持ちこもうという大戦略がその後ろにあったのです。だから山本五十六はそのことをもっと声を大にして言わなければならなかった。ところが、山本長官は越後人のためか越後人の口の重さからか、その己れに恃《たの》むところの多い人間性のためか、そのことをはっきり言っていない。そのことは当時の海軍大臣及川古志郎《おいかわこしろう》、のちに替わった嶋田《しまだ》繁《しげ》太郎《たろう》という海軍大臣に手紙で言っているだけなのです。それは両方とも私信です。

つまり自分がこの作戦を行うのは、太平洋戦争というものをうまくやろうということではなく、戦争をこれでやめたいからだ。そのためにどんなに無謀と言われようと、どんなに馬鹿と言われようと、この作戦しかない。そしてこれで失敗して日本艦隊が全滅した場合には、日本には天佑《てんゆう》がないと思え。この戦争に天の助けはないのだ。したがって、日本はすぐやめたと言って手を挙げてしまっていいのではないか、とそこまで考えていた。そのことをはっきりと手紙で言うわけです。この作戦は、ひよどり越えと、桶狭間と、川中島を一度にやってしまうような作戦だから、これに負けたからには、日本にはそれ以上戦う力はないから、さっさとやめるべきである。また、徹底的にやって勝った場合には、その機会に何とか終戦に持ち込んで欲しい、それを中央では考えて欲しいと。

一つは昭和十六年のはじめに及川海軍大臣への手紙に書き、さらに二通目の手紙を、昭和十六年の十月に嶋田海軍大臣に書いている。

面白いのはそれを海軍大臣に出したというところです。海軍大臣というのは政治をつかさどるトップの人です。戦争をつかさどるトップの人は軍令部総長です。したがって山本五十六が真珠湾攻撃を、戦争を遂行していくための作戦と考えるならば、軍令部総長に出さなければいけない。これに勝った場合は次の戦略戦術はこうしましょう、負けた場合はこうしましょうと、自分の考えている戦略戦術を軍令部総長に言わなければならないのに、軍令部総長には何も言わずに手紙を出したのは海軍大臣であった。つまり山本五十六としては、その作戦が成功しようが、失敗しようが、その結果を踏まえて戦争終結に持っていこうじゃないかという覚悟があったわけです。戦争をしてはいかんのだ、いかんがもしやるとすれば、お前達が考えているような邀撃作戦では駄目だ、この作戦しかない。そしてこれは何のためにやるかと言えば、戦争を終わらすためであるという覚悟であったわけです。かれが政治的軍人であったといわれるのは、実は、この点にあるのです。

　ならば、それを本当は全軍に向かって言うべきであったと思うのです。全軍とまでは言わなくても、少なくとも自分の率いる連合艦隊の各部隊の指揮官に向かってはそう言うべきであったと思うのですが、山本五十六はそのことは何ら言わず、海軍大臣に対する二通の手紙でしか本心を言ってない。それでは実際にその作戦を実行する指揮官、つまり南雲艦隊、その他の艦隊の司令官にはわかりません。命令は「真珠湾を奇襲し、敵艦隊を撃滅せよ」と、こう書かれているわけですから、南雲さんはその命令に従い、恐る恐る、まことに情けないくらい恐る恐る進撃していったのです。しかしこれは十分な作戦計画と準備ができていますので、成功してドカン、ドカンと敵の太平洋艦隊を撃滅したわけです。

　したがって南雲さんとしては、命令どおりにやって、命令どおりに帰って来たのだからどこが悪いのだということになるのですが、のちの人達はなぜ石油タンクをみなつぶさなかったのか、なぜ海軍工廠《こうしょう》の施設をつぶさなかったのかということで南雲さんを批評する。

しかし、南雲さんに言わせれば、命令は「敵の艦隊を撃滅せよ」ということであるから、それでよろしいということになる。

　ところが山本五十六に言わせれば「敵の艦隊を撃滅せよ、そして速やかに退避せよ」と命令書には書いてあるが、これは真珠湾作戦というものを海軍中央にわからせるために、認めさせるために書いた文章で、本当の真意は徹底的に反復して、何べんでも行ってやっつけて、やっつけて、やっつけ抜いて、完全に真珠湾をぶっこわし抜いて、少々こっちの航空母艦が沈められてもいいからやってこいというのが、その真意であった。ところがその真意は伝わっていませんから、南雲さん以下艦隊の人達は、一度艦隊を撃滅するとさっさと帰ってきたわけです。しかし、まあ、当然ですね。

目的があいまいなミッドウェイ

　同じようなことは、ミッドウェイ作戦の場合にも言えます。ミッドウェイで山本五十六が考えたのは、これは真珠湾の次の決戦ですから、ミッドウェイ島を占領するなどということは、どうでもいいので、よくいわれているように、敵の機動部隊をおびき寄せて、これをたたくということが最大のねらいでした。これにまたしても海軍の軍令部は猛反対いたします。そんな馬鹿げたことはしなくてもいい、向こうの戦艦をみんなつぶしてしまったのだから、当分の間こちらは左うちわで安泰なんだから、そんな無理な作戦はしないで南方の方向をゆっくり攻め、持久戦でいこうと、盛んに言うのです。山本五十六に言わせれば、そんなことをしていると長期戦になってしまう。長期戦になってしまえば日本には勝ち目はない。あくまで短期で戦争をやめるつもりで、これをあえて危険を承知でやろうじゃないかと言って、ミッドウェイ作戦を頑張るわけです。

　そこでまた大論争になって、今度は山本五十六は、渡辺《わたなべ》〔安次《やすじ》〕という参謀を東京にやって、以前黒島参謀が言ったのと同じようなことを言わせるわけです。「もしこの作戦を承認しなければ、山本長官以下われわれ幕僚は全部辞任いたします」と。またかと軍令部はがっかりするのですが、山本長官にここで辞任されては身も蓋もありませんから、しょうがないミッドウェイ作戦をやろうと承認するわけです。

　そして命令書には「ミッドウェイ島を攻略し、合わせて敵の艦隊を撃滅せよ」ということで、ミッドウェイ島攻略が第一義になっている。敵空母が出てこない公算が大きいが、もし敵の艦隊が出てくれれば幸いで、それらを撃滅してしまおうということで、それが二番目にある。山本五十六に言わせれば、ミッドウェイ攻略などどうでもいい。攻略できればそれに越したことはないが、それより敵の空母を撃滅するほうが大事なんだということです。

　ところがこの場合も山本五十六は、そのへんのはっきりとした目標を部下に与えていないわけです。自分の本当の意図をわからしていない。ですから南雲長官以下、源田参謀もみんな、ミッドウェイ島を攻略して、出てこないだろうが、出てきたら空母をやっつけてしまおうというつもりでノンビリと行くわけです。

　山本五十六は、「戦争を一日も早く終わらせなければ、勝ち目はない。長引けばやがて日本本土も空襲されるだろう。そして自分は長門の艦上で討ち死にするだろう」ということを、戦争の前に言っている。元老の西園寺《さいおんじ》公望《きんもち》の秘書官をやっていた原田《はらだ》熊雄《くまお》に語った言葉です。それは『原田日記』といわれる日記にはっきりと残されています。「もしアメリカと戦争をすれば、やがて東京は焦土になり、国民は惨たんたる思いを味わうだろう。そのときには自分は、戦艦長門の上で討ち死にしているだろう」と言っています。

　そこまで考えて、そこまで決断した男が、なぜ部下に明確な目標を、これはこうなんだということを、しっかりと与えなかったのか、というところに、山本長官のリーダーシップに大へんに欠けたところがあるのではないかと思うのです。そのへんは山本五十六の人間性に帰着するのか。かれは人間に対してひどい偏愛の持ち主だった。あるいは日本の軍隊が持ってきた、いわゆる長い伝統と言いますか、風習と言いますか、そういうものが邪魔していてそうなったのか、そこはもっと研究をしなければいけないところですが、いずれにしろそういう形で、せっかく日本人でないような見事なリーダーシップを発揮した人も、ついには日本的な人間関係と言いますか、しきたりと言いますか、そういうものの中に巻き込まれて、ついに明確な目標を全軍に与えることができずに、そのためミッドウェイで大失敗をします。その後は戦争はズルズルと長期戦に、消耗戦に巻き込まれていった。まさに山本五十六の予言どおりに、七割海軍は五割海軍、三割海軍、一割海軍となって潰えたわけです。

以下、リーダーシップの八条件のうち、たとえば三番目の権威を明らかにというところでは、阿南惟幾陸軍大臣と終戦の話を申し上げたかったし、四番目の焦点に位置せよというところでは、栗林忠道《くりばやしただみち》陸軍大将と硫黄島のお話をしたり、また木《き》村昌福《むらまさとみ》という海軍軍人のキスカ撤退についてのお話をしたかった。五番目の情報を確実にというところでは、ミッドウェイ作戦の前のニミッツ大将のことを少し詳しく申し上げたり、あるいは六番目のロマンと現実を切り離すというところでは、井上成美さんの新軍備論と言いますか、もはや大艦巨砲主義の時代ではない、艦隊決戦は起こらないということを基本にした彼の新しいものの考え方、あるいは米内光政海軍大臣の終戦に対する考え方、それからドイツ戦車部隊の名将軍と言われるグーデリアンの考えた戦車電撃作戦のことをお話ししようと思いました。

　また、七番目の最大限の任務を部下に与えよということでは、ロンメル将軍のサハラ砂漠での戦いで部下に対して毫《ごう》も命令に対してフニャフニャのところがなく、きちっとした命令を与えていたということをお話ししたかったし、さらに宮崎繁三郎《みやざきしげさぶろう》陸軍中将のインパール作戦における見事な退却作戦。インパール作戦に負けてから全軍が退却するのですが、そのときそのいちばん殿《しんが》りを受け持って、なだれのごとく追ってくるイギリス、インド軍を相手に、戦いながら後方に陣地を一つ一つ築き、一つの陣地が崩壊すると、もう次の陣地が完成していてそこで戦う。そんなふうに、陣地を幾つも後ろへ、後ろへとつくりながら戦った退却戦の見事さをお話ししようと思ったのですが、時間がございません。前説ばかり長くて、本論が尻切れトンボになったことをお詫びいたします。

終わりに

このようなことでお話は終わりになりますが、いずれにいたしましても、太平洋戦争という一つの歴史、それを眺めていきますと、人間というものはいろんな面を見せます。いろんなことを考え、またいろんな誤ちを犯すわけです。その一つ一つが全部教訓になるというわけではございませんが、少なくとも上に立つ人達はどうあるべきかということに関する限りにおいては、多くの教訓があるのではないかと思います。

日本の戦後は民主主義と言いますか、平和主義と申しますか、何か軍事というもの、あるいは軍事学・軍事史というものがないがしろにされて、あまり研究をされていないようです。アメリカやイギリスはむしろ学校などで、そのことをしっかりと学ぶべきであるということで、必修の科目となっています。だから日本も軍事学・軍事史を研究せよというわけではありませんが、そこにも一つの日本人の歴史があったのだということは確かなので、その歴史に学ぶということは、つまりいい時代の歴史だけを学ぶのではなくて、誤った時代の歴史にも学ぶべきことはある。いやむしろそういう時代の歴史にこそ、多くの教訓があるのではないかと思うのです。

われわれはこうやって生きていますが、こうやって生きている現在も一つの歴史であります。次の時代に残していく歴史をわれわれは歩んでいるわけです。したがってわれわれの動きそのものが、その一つ一つが教訓になるわけです。きょうお集まりの方々は、埼玉県の各市町村のトップに立つ方々ばかりなので、その方々の動きそのものが埼玉県民から、さらには国民一人一人に影響していく歴史になっていくわけです。そのような意味でも、太平洋戦争中の軍人達の、指揮官のリーダーシップというものを、これを単に否定したり馬鹿にしたりしないで考えてみるのも、必要なことではないかと思っております。

　これで私の話は終わりでございます。また何か機会がございましたらお目にかかりたいと存じます。ご清聴ありがとうございました。

第二章　昭和天皇とヒトラー

第二章は、『文藝春秋』一九九〇年十二月号に掲載された「昭和天皇の独白八時間（昭和天皇独白録）」の解説を執筆した直後に、ドイツを訪れ、日独の近代史について綴ったものである。後に、私家版の冊子（豆本年賀状）『ベルリン拝見』として刊行した。収録にあたっては、生前の著者が内容を精査している。肩書き、物価に関する記述はすべて当時のもの。

原題　ドイツの戦後〝遺跡〟を歩く

鷗外記念館

「文藝春秋」〔一九九〇年〕十二月号掲載の「昭和天皇の独白八時間」に付す註と解説の仕事を、極秘裡にすますと、十月の終りにヨーロッパに飛び立った。あとで悪友に「会社の箝口《かんこう》令で外国へ追いやられたのだろう」と勘繰られたが、休暇旅行は前から予定してあったし、目的地はベルリンときめていた。第二次大戦の、連合軍の戦勝記念碑（?）ともいうべき「壁」が崩壊して一年目（十一月九日）、ドイツ統一がなって一カ月目（十一月三日）、その前後にその地に立ってみたいという想いを、ひそかに抱きつづけていたのである。「昭和天皇の独白」が呼び起すであろう波紋は気にはなったが、何はともあれこの機会にと、そそくさと日本をあとにした。

　それにつけても、壁崩壊からドイツ統一までの動きは、あまりにも急激にすぎたのではあるまいか。ついでに十一年もつづいた〔イギリスの〕サッチャー首相を退陣に追いこみ、全欧安保協力の「パリ憲章」が結ばれ、あっという間にヨーロッパの歴史は、一つの章の幕を急速におろしてしまった。統一が成ったからといって喜べるのか。いや、むしろ疾風のように統一が成ったから、いっそう未来にたいし巨大な問題が投げかけられたというべきか。

改めて書くまでもないが、一九九〇年十月三日の〝統一〟とは建前で、西ドイツによる東ドイツの吸収合併である（もはや旧という字は略す。以下同じ）。四十年間つづいた一つの国家の消滅である。統一の日が葬式の日となった東は、経済・行政ともにほぼ壊滅状態にある。「〝私たちにとって、戦後は二度来ました〟という旧東ドイツ市民の言葉は重い」と日本の新聞は伝えているが、たしかに壊滅は深いところにも及んでいるようである。

いまのベルリンに身を置いてみると、ひしひしと迫ってくるものがあり、決してお祭り騒ぎののんびりしたものではない。ぐらぐら煮立っている。完成はいつのことかわからない。だからまだまだ発展があると、ドイツ人は確信しているのであろう。しかし、われら旅人は、異常なものをそこから感ぜざるをえない。

それは新しい国造りという熱気であろうか。それとも前途にさしたる成算もなく、ただ統一という夢想のままに突き進んだための、混乱と頽廃と猥雑というツケなのであろうか。東の作家シュテファン・ハイム氏が、

「デモは去り、人々は家に帰った。彼らは、多分、されたくないことは分かっていたのだが、何をしたいかは知らなかった」

と書いたというが、たしかに自由を求め、統一への理想に酔ったそのあとに、「マルクの統一」が象徴する醒めた現実が、ドイツに、そしてベルリンに待っていたようである。たとえば――わたくしをベルリンの隅々まで案内してくれた東京新聞ヨーロッパ総局長の辻通男氏が、興味深い話を、そっと教えてくれた。東ベルリンの、ブランデンブルク門の北方ほど遠からぬところに、「森鷗外《もりおうがい》記念館」がある。鷗外が滞在した住居跡に開設されたもので、署名簿いっぱいにこれまでの日本人観光客の名があった。そこがいま、一刻も早い立退きを迫られているという。

それというのも、東西いずれにかぎらず、統一によって旧財産の所有権回復が認められたからである。結果、西の二〇〇万人もの市民が、いま、共産党政府にかつて没収された財産の権利回復を求めている。「森鷗外記念館」もその一つで、そのビルは西ベルリン在住の人のもともとの所有になるもので、権利が改めて認められたのである。記念館の館長さんが流暢な日本語で大いに嘆いていた。

「鷗外先生がかつて寝起きした部屋であるからこそ記念館の意味があるわけで、よそへ引っ越せばいいというものではないのですが……」

話合いは紛糾して解決の目途はつかないらしい。このようにして、住むところを前の持主に奪われた場合、そこに住んでいた東ドイツ人はどこへ行ったらよいのであろう。かれらの多くは、かつて、オーデル・ナイセ以東のドイツ領に住んでいたものたちなのである。米英ソはポツダム会談で、これらの土地はポーランドに与えることで机上で線引きをした。同時にこれらの地方にいたドイツ人追放がきまった。さらにはチェコスロヴァキアのズデーテン地方や、ハンガリー、ルーマニア、ユーゴスラヴィアのドイツ人にも同じ運命が押しよせてきた。その数一三八三万人というから、東京の全人口に匹敵する。

かれらのなかにはやっと東ドイツや東ベルリンにたどりついて、共産党政府からあてがわれた住居をえたものが多かった。それから数十年、自分たちの生活の基盤を築いた。が、これら一片の布告によって追放の悲惨をなめた人びとは、またしても一片の布告によって、その住むところを奪われねばならない。それが喜ぶべき統一後の現実というものなのである。だからといって、かれら東ドイツ人が、旧第三帝国領の自分の財産権回復を主張するわけにはいかない。

ベルリンの壁

亡命未遂逮捕者三二〇六名、亡命失敗による死亡者二〇〇名余。ベルリンだけで七五名。

同負傷者一一七名、無血革命とはいうものの、これだけの犠牲者をだし、東西分断の象徴でもあったブランデンブルク門付近は、いま観光の名所となって、朝から深夜まで賑《にぎわ》っている。壁崩壊一年近くたっても、トルコ人やベトナム人の「壁」売りは健在であった。にぎりこぶし大の破片が三マルク（約二七〇円）。なかには工事現場の瓦礫《がれき》に着色したニセ物も出回り、自作の品質証明書をそえる露天商もいた。ソ連兵の勲章や帽子を叩き売りしている連中もいる。帽子はてっぺんが真ん丸いところからLPとよばれ、これが二四マルク（約二二〇〇円）。ときには将軍の軍服までが麗麗しく大地にひろげられている。もはや赤軍の栄誉は地に落ちた！

ウンター・デン・リンデン通りを、見物人をいっぱいのせた馬車がカツカツと蹄を鳴らして過ぎていく。西の〝銀座〟クーダムの大通りも、東の革命名所アレクサンダー広場も人で埋まり、東京にくらべたらはるかに広い道筋なのに、人種の坩堝《るつぼ》と化して、散歩も容易なことではなかった。そこで終戦直後の日本のように、ルーマニア人やポーランド人のデン助賭博が大ぴらに開帳されて、キリッと整えた紳士淑女風のサクラが見事な演技をみせている。こっちもついひっかかりそうになった。そして赤いマフラーを頭からかぶったルーマニア婦人が、舗道のまん真ん中にペタンと坐り、金入れの缶を前に、一言もいわず頭をぺこんぺこんと何秒おきかに下げていた。膝まくらして横たわる、これもマフラーの子供はぴくりとも動かない。それは無気味としかいいようがない。人は決して物にはなれないからである。

西から東へ、需要に合わせてポルノの〝供給〟も大洪水模様である。雑誌、貸しビデオ、大人の玩具が奪い合うようにして売れる。東ベルリンの薄暗い裏の大通りに、貸しビデオ屋がひとり、妖しげなピンクのネオンの光を舗道に投げている。

威勢のいい話もある。ドイツでは大都市でもオペラハウス、総合大学、動物園などは一つずつが普通だが、ベルリンにはオペラハウスが三、総合大学と動物園はそれぞれ二つ。オーケストラは六、大劇場は二七とふえて、他を圧倒し、ヨーロッパのトップクラスの文化都市になったとか。

しかし、そんな自慢話は腹の足しにはなるまい。予測によると、統一ドイツの現在の失業者は約二一五万人で、うち東は約二五万。しかし来年になると、東で失業者が急増し一四〇万人を超える。仕事はあっても就業短縮を余儀なくされるもの、西で六万人が八万人に、東で八三万人が一七五万人になる。

前途まっ暗な東の経済再建のカギとなるのが、旧国営企業八〇〇〇社の民営化。その運命の手綱をにぎるのがドイツ信託公社である。民営化のかけ声にのり、ようやく二〇〇社が民間企業として再出発したものの、あとは信託公社のよき采配に一縷《いちる》の望みをかけている。しかし、公社は公社で動きがとれない。例の財産の権利回復権の認可によって、企業の資本となる土地や建物の所有権が不明確なため、西からの直接投資を指導するわけにはいかない。だから、いまのところ打つ手がない。

事情通が裏の裏を説明してくれた。それによると、準備が整わないうちに、コール首相がやみくもに統一に急進したのも、

「東の旧国営企業がそのために残らず倒産に追いこまれる。その結果によって、共産主義でこり固まり、自由主義経済のなんたるかを知らない頭の古い幹部の首を残らず切れる。そこに狙いがあった」と。

真実のところはわからない。が、体重一〇〇キロを超す「現代のビスマルク」の深慮遠謀は、想像外に大きなところを目指していたのかもしれない。

企業人ばかりではなく、東の公務員にも〝首切り〟の嵐が吹きつのりつつある。半数の一〇〇万人が不採用になるといわれ、かれらは一年間の職探し的な待命期間後、新しい職場がなければ失業者の仲間入りをする運命にある。また首尾よく統一ドイツの公務員とし

て生き残れても、三年という長い仮採用期間がひかえている。この間に過去を洗い、国家保安警察などに属し罪状明らかなものを追放するのがその目的なのである。ましてや壁を越えて亡命しようとした人を射殺した者など、公務員として生き残れないどころか、陽の当る場所では生きられないことが確実である。東の旧法律では、国境侵犯者を射殺することは殺人罪の規定から外されていたが、統一ドイツは法的な反対の声を無視し、これを殺人とみなし、責任を追及する方向へ動いている。

明治のドイツ留学生、桂太郎

しかし、考えるまでもなく、そんな統計や困難や予測されるマイナスを越えたところに、ドイツ人の統一への悲願があったのである。ともかくも連合国軍から祖国をとり戻す。戦後四十五年、民族が引き裂かれているという感情、自信喪失と自信とのないまぜになった心情、歴史が他国によって定められる焦燥感、そして自己抑制——それらがいつかドイツとは何か、ドイツ人とは何かを問わせ、アイデンティティ（民族的統一感）の問題を東西ドイツ人に生じさせた。

西の人びとは、合理主義とか物質主義とかいう近代工業社会が、決してもたらしてくれなかったものを、何とか探し求めようという心理にせかされた。秘密警察組織に封じこまれた東の人びとの、アイデンティティへの模索はもっと痛切であった。東の指導者も民衆の動きに決して鈍感であったばかりでなく、統治のためにその緊要性を認めた。一九八〇年代になると、それまで骸骨のような姿をさらしていた、ベルリンの歴史的記念建造物がつぎつぎに復元されたのは、その証しの一つ。アイデンティティをもつには、同時代の記憶よりももっと深いルーツが必要であることに、共産主義者のかれらも気づいたのである。

　それまでポツダム市のサンスーシ宮殿に押しこまれ、忘れられたままであったプロイセンのフレデリック大王〔フリードリヒ二世〕の銅像が、もっともよき象徴であるかもしれない。統一の偉業を成しとげたかれは、倉庫から運びだされ、さっそく昔どおりにウンター・デン・リンデンの貴賓席に戻された。しかも、キッとソ連の方をにらみつけて大王は立った。いっしょに近所の小公園には、四人の、肩をいからしたプロイセンの将軍の像がすえられた。

　以下の復元話は略すが、そこから〝二匹の犬〟という愉快な小話がうまれた。東ベルリンの犬と西ベルリンの犬とが、それぞれ相手側の地区に行こうとする途中、境界線でばったり出会った。

「なぜこっちへ来るんだい」と東の犬が尋ねると、西の犬が答えた。「ドイツの栄光を確認するためさ。お前こそどうして？」すると東ベルリンの犬が答えた。「とにかく思う存分に吠えたいんだよ」

いま、菩提樹の並木の美しいウンター・デン・リンデンの大通り付近を歩いていると、圧倒されるような想いにさせられる。国立オペラ劇場、聖ヘートヴィヒ大聖堂、大聖堂、国立美術館、ペルガモン博物館、ニコライ教会などなど。復元された歴史的建築物の天を突く偉容。それらは荘重という言葉がぴたりとする。なるほどドイツは力強いや。山県有朋が、桂太郎が、川上操六《かわかみそうろく》が、そして近くはベルリンを訪れた昭和の陸海軍の中堅将校たちが仰天して、俗にいうドイツかぶれとなって帰国してきたわけが、自然とわかるような気がした。

明治の陸軍建設の中心となった桂太郎がベルリンにはじめて来た翌年、明治四年（一八七一）の一月に、普仏戦争に勝ったプロイセンのウィルヘルム皇帝が、ヴェルサイユ宮殿で即位式をあげ、宿願としていたドイツ統一が成った。その後の新生ドイツ（第二帝国）の発展は驚くべきものがあり、ビスマルク、モルトケらの人材を擁し、国運は隆々であった。独特のドイツ的個性ともいうべき「ゲルマン魂」とか「ゲルマンの神秘的特性」がしきりにとなえられていた。

昭和のドイツ贔屓

　昭和十年前後にベルリンを訪れた少壮軍人たちが見たのもまた、時代こそ違え、桂たちと同じように興隆するドイツの姿。第一次大戦敗北の屈辱をはねのけ、ヒトラー総統によるドイツ統一の大事業は「ドイツ語のひびくところ、すべてドイツなれ」（十九世紀の愛国詩人E・M・アルント）の見果てぬ夢と希求をまさに具現しようとしていた。

　しかし、ドイツ贔屓《びいき》となった人びとが目を見張ったのは、建築物の豪壮さとか、圧倒的な統一への熱と力ばかりではなかったろう。ドイツの民族的性格について、ある種の共感と、日本に共通するイメージをそこに描いたからではなかったろうか。堅実、勤勉、几帳面、端正、徹底性、秩序愛、律儀、創造性などのポジティブな面から、頑固、形式偏重、無愛想、唯我《ゆいが》独尊《どくそん》という否定的な面まで、日本人はおのれの投影を認め、すこぶる付きの親近感を抱いたからにちがいない。

　日独はいずれも団体行動が得意で、規律を重んじ、遵法精神に富み、愛国心が強い。日独はどちらも教育水準が高く、頭がよく、競争心強く、働くことに生き甲斐を感じている。

日独はともに組織にたいする忠誠心にとみ、勇敢で、メカにも強く、軍事的潜在力が高い。日独はともにロマンチックであり、センチメンタルである。しかも日独は、近代国家としては「おない年」であり、統一国家を形成した一八七〇年ごろには、世界の強国の地球上における領土分割はほぼ完成し、優秀でありながら「持たざる国家」としての苦悩をともにした。

こうして近代日本は、明治維新いらい、ドイツのプロイセン憲法をうけ入れ、医学をベルツをはじめとするドイツの医学者に、陸軍の軍制および戦略思想をメッケルらに学び、ブッセ、ケーベルらの哲学をはじめ、文芸・教育思想をもドイツから多くとり入れた。

昭和になって、その傾向は一段と大きく助長された。ヘーゲル、ショーペンハウアー、シュライエルマッハ、アインシュタイン、コッホ……医学者や軍人、思想家、音楽家や法律家の多くがきそってドイツに留学。親ドイツ感情はいっそう根強くかつ根深くなっていった。そしてドイツ民族性のよき一面のみが強調された。

では戦後の今日、われわれは統一ドイツ人にどんなイメージを描いたらいいのだろうか。もちろん民族性というのは捉えようのない概念であり、時々に変容していく。いまのドイツ人は日本人がかつて描いたような性格をもってはいないかもしれない。第二次大戦後、近隣諸国と仲良く生き抜いていくために、ドイツ人は、とくに西は、血の出る努力をした。民族の誇りも自尊もかなぐり捨てた。たえまなく繰り返される「アウシュビッツの悲惨」。それがいかに凄まじいまでにドイツ人の心を変えていったことか、想像はできる。

ある識者はいうのである。ドイツ人はかつての戦いの日々に、ナショナリズムの最後の極限まで戦い抜いた。力のぎりぎりまで「国のため」に使いはたしたので、いまやだれもが自分自身のことしか考えない。やっとのことでヒトラー時代を生きのびたので、いまや民族《ネーシヨン》としての力は失われてしまった、と。

とはいっても、なおかつ、ベルリンにいって、つぎのようなエピソードを見聞すると、「やっぱりドイツ人はドイツ人だよ」となんの疑いもなく思えてくる。

十一月九日（木）の夜に壁があいてより、お祭り騒ぎがつづいたが、深夜近くには静かになり、ドイツのサラリーマンの勤務は平常と変らなかった。なんたる勤勉さよ。

同月十日、十一日の週末に六〇〇万人の東の人びとが西にきた。銀行、郵便局は、一人あたり一〇〇マルクの歓迎金を支払った。日本円で約六〇〇億円。札がなくなって窓口を閉じたところはなかった。組織変革にたいする自主的な対応の見事さよ。

翌年七月一日の通貨統一は、比較的短期間に決まったにもかかわらず、整然と行われ、二日前にはほぼ八割以上が完了した。当日は一般の銀行、郵便局などは早朝から窓口をあけたが、業務は夕刻までに完了した。この能率のよさと計画性をみよ！（当時の日本のテレビは深夜までの大混乱を伝えたが、実に日本流の作為によるものであったという）

これが統一ドイツなのである。そんな社会的な大規模のことではなく市民生活でも、たとえばタクシーに乗れば、運転手はかならず運転席から降りてきて、荷物をトランクに入れてくれる。昔どおりなのである。目的地へは最短距離で、もっとも安く運んでくれる。僅かなチップでも客に礼儀正しく感謝する。レストランでビールをおくとき、ラベルをきちんと客に向けておく。家庭の台所はピカピカ。整然とした町なみにはゴミは至って少ない。

もっと痛快な話があった。世界各国で丸裸のストリーカーがさかんに走り回ったころ、珍しくもハンブルグにも現われた。しかし、この男、なぜか赤信号でとまって青になるのを足ぶみしながら待っていた。この遵法精神は昔と変らない。

歴史の中のドイツ

それほどに合理的・理性的・堅実な民族のドイツ人が、「統一」という大目的の前に立ったとき、いかに怒濤逆捲こうともと、なりふり構わず、あれほど熱狂したのはどうしてなのか。前後の判断が狂ってしまったかのように。少なくとも、ドイツ人の性向は「ナショナルなもの」にもろいのではないか。フランス人なら東の民主化運動の延長線で「自由と民主」のスローガンにもっと固執したであろう。イギリス人ならば統一の必要性を認めたとしても、「もっとゆっくり、歩きながら考え対処していこう」としたであろう。

唐突ながら、いまこう書きながら、ウイリアム・シャイラーの『第三帝国の興亡』で、かれが一貫して強調していたことを思いだした。それはナチズムはドイツに突然に狂い咲いた花ではないと、簡略できようか。ナチズムはドイツの精神文化的土壌から当然生まれるべくして生まれたもの、とかれは結論づける。とくにヒトラー前の一世紀の間に、ドイツ精神に大きな影響を与えた偉大ながら、一面において偏頗《へんぱ》な哲学や思想に深く根ざしている、という。

ナポレオン軍に敗れたのち、ドイツ国民の優秀性を訴えたフィヒテ。国家を絶対化したヘーゲル。戦争をひたすら美化したトライチュケ。権力への意思を説いたニーチェ……。

そしてナチズムの背後にはドイツ国の歴史そのものが横たわっている、とシャイラーはいう。
歴史のなかのドイツ国とは何なのか。ドイツはつねに再編成の過程にある民族国家で、したがってドイツという確定された国家は歴史的に存在したことがない、と書いた歴史家がいる。十六世紀に神聖ローマ帝国による統一（第一帝国）があったとはいえ、形成するのは三〇〇に近い小王国の集合。たしかにドイツの歴史を特徴づけるのは小王国、公侯国、司教領、自由都市などの分散と複数主義というものであった。内戦、あるいは内戦に近いものが、南と北で、またプロテスタントとカトリックで、あるいはホーヘンツォーレン家とハプスブルグ家の間で戦われていた。

近代になって、先駆する帝国主義国家ロシア、フランス、あるいはイギリスの間にはさまって、ドイツ民族には、何とかして国家の実をまとめたい、まとめねばならないという強烈な意識が当然のことにうまれた。それが一八七一年のウィルヘルム一世の帝国（というより宰相ビスマルクによる第二帝国）であり、ワイマール共和国をへて一九三三年ヒトラーの第三帝国となって実現、一九四五年に滅亡した。つまりドイツ国とは、わずか七十五年間の集権と統一の歴史をもつ国なのである。

しかもこの集権と統一の運動は、ビスマルクの戦争とヒトラーの侵略にみるように、つねに対外戦争と暴力とをともなっていた。歴史は過去を語るもので、未来を告げるものではないが、ドイツが目をさまして動きだすとき、ヨーロッパの政治地図はいつも戦争によって書き直されている。そしてこんども、ドイツは統一をめざして……。

そんな余計なことをいうために、周知の歴史を書いているのではなかった。わたくしも、コール首相がいうように、「統一ドイツは第四帝国にはならない」、あるいはゲンシャー外相がいった「トーマス・マンが一九五二年に語っていることを確認しておきたい――われわれが求めるのは欧州あってのドイツであり、ドイツあっての欧州ではない」ことを信じるにやぶさかではない。この情報化時代にヨーロッパの地図も状況もまったく変り、イラクの例をみるまでもなく、いかなる国も国際環境を無視しては勝手に動けないのである。

ではあるけれど、歴史好きのわたくしには、いまだにゲッベルスの挑発的演説や、ヒムラーの脅迫的言辞がついつい想いだされてくる。そして〝世界に冠たるドイツ〟国歌の旋律が口をついて出てくるのである。

一九四五年のベルリン

……例によって突然に話を変える。四十五年も前のベルリンに戻りたい。

ベルリン滞在の丸一日を費して、第二次大戦当時のベルリンの地図を片手に、わたくしはわざわざヒトラー第三帝国の遺跡を訪ね歩いてみた。そのことを語りたいのである。アイザック・ドイッチャーは敗戦直後のベルリンを「鉄とコンクリートの骨組を残して内部は焼け落ち、建物の赤さびた鉄骨だけが突き立っている。……今のベルリンはポンペイやオスティア（ローマ近郊）に似て、見事に保存された遺跡のようにみえる」と報じたが、〝戦後〟という長い歳月は遺跡を遺跡として、残しておいてくれるはずはない。ほとんど何も残っていないだろうに酔狂な、と思われるかもしれないが、昭和史を学ぶものとして、ベルリンに来て、ヒトラーは……やはり無視するわけにはゆかないではないか。

西ベルリンの、ティアガルテンの森のはずれに、ベンドラー通りをはさんであった陸軍省（国防軍総司令部）と海軍省跡を、まず訪れる。海軍省の建物は連邦保健省やら特殊財産および建物管理事務所やらの、政府筋の雑居事務所になっている。入口の壁にずらずらとならんだ看板のなかに、未来研究所の文字があったのが、何となく夢があるようでおかしかった。陸軍省のあとはなにもない。もはや森の一部となって諸行無常を訴えるがごとく風が鳴り、鳥のさえずりが聞こえるばかり。

うんと北上して、シュプレー川にかかったモルトケ橋を渡る。一九四五年四月二十九日、ここからソ連軍はベルリン中央の官庁街に突入しようとした。この要衝を守備したドイツ軍の主体SS第十二機甲師団は十六歳から十八歳までの青年団と、援護に加わった十三歳から十五歳のヒトラー・ユーゲントが主兵力である。かれらは〝ドイツ的誠実〟とあらんかぎりの勇気をふりしぼって戦い、大多数が戦死した。日本帝国の敗戦のとき、わたくしもまたかれらと同じ年代であった。もしあのとき、本土決戦が作戦どおり遂行されたら、との幻想が、橋を渡るわたくしをおのずから感傷にみちびいていく。

そのときに完全破壊からまぬかれたブランデンブルク門と、すぐそばの旧帝国議会議事堂が望見される。ともにソ連軍によるベルリン攻略戦の最大目標となった。

四月三十日、冬の最後の日の午後三時半、総統官邸の地上から六メートルの地下壕でヒトラーはみずから命を絶った。ほど遠からぬところにあるブランデンブルク門の上に赤軍の旗が立ったのは、その死の一時間前、旧帝国議事堂には同じ日の夜十時半に赤軍が決死的突入を敢行した。そしてベルリン攻防の象徴的映像として残る、議事堂屋根の破風《はふ》を飾る彫刻群像の上に、勝利の赤旗がひるがえったのは、翌五月一日の早朝のこと。どうでもいいことであるが、旗を立てたのは偵察兵のエゴーロフとカンタリア両軍曹であったという。そんなことを思いながら、わたくしは復元された破風を仰ぎ見る。

この国会議事堂の裏に宣伝相ゲッベルスの家があったが、跡かたを留めないどころか、足を踏み入れることもできぬゴミ捨て場となっていた。かれがその天才的な演出力を練った宣伝省跡は、ブランデンブルク門の南、ウィルヘルム通り（現 Otto-Grotewohl 通り）の左側にあったが、あたりはだれ住むともない半壊のアパート群となって、東の荒廃のさながら標本のごとくである。

かれはここで、つぎの時代は大衆が歴史の主体となるであろうと、だれよりも早く見ぬいたのである。「大衆は前進するものであり、かれらの量的な増大が質的な差異に転化する」。このヘーゲルの言葉を、かれは地でいった。また、かれはいっている。「宣伝とは単純化の技術である」と。

そのために行ったことの一つ――かれはベルリンを舞台に祭日をふやし、大衆を動員し、広場と街頭での壮麗な儀式を連発した。政治も経済も、かれにあっては宣伝であり、儀式であった。カーニバルであった。祭は、カーニバルは、「ゲルマンの神秘的特性」を再演することであり、社会全体によって演じられる政治的神話の大遊戯であった。同時に、大衆の一人ひとりに〝英雄〟の役割を与えることを意味した。ロマンチックに、そしてセンチメンタルに大統一国家を希求するドイツ民衆は、祭りの興奮に率先して身をゆだねた。

　その意味でゲッベルスは、いまの商業宣伝の始祖といえるかもしれない。かれは忘れられたが、かれの手口は継承された。現代世界は政治も文化も経済も、宣伝広告の浸透をうけ、それなくしては存立しなくなっている。いまや、何千何万という小ゲッベルスたちが、大都会から小さな町までの街路という街路を、見世物に変え、たえず新たな誘惑とめまいとをつくりだしている。

ＳＳの本部跡を訪ねる

　一九四五年五月、ドイツ民衆はヒトラーとゲッベルスの死の放送を聞いたとき、「またゲッベルスが嘘をついている」といったという。そこまで完璧にやってのけたのである。さぞかし満足してゲッベルスは青酸カリを仰いだことであろう。

　さらにやや南に下り左折したところ、「壁」のあった通りをはさんで、ゲシュタポ（秘密国家警察）本部とＳＳ（ナチス親衛隊）本部の建物がならぶ。かつて前者は東にあり、後者は西にあった。中間に延びていた壁も東のゲシュタポ側にわずかに残っていたが、いつまであることか保証のかぎりではない。ＳＳ本部の建物はユダヤ博物館として利用されているらしいが、屋根の上に屋根をのせたような、そして円柱のならび立つ第三帝国様式のゲシュタポ本部は、いまのところ朽ちるにまかせられている。

　SS本部の前に立ち、全国指導者ヒムラーが一九三八年十一月にのべた訓示の一節を、わたくしは予定どおりつぶやいてみた。「SSの誠実、服従、戦友愛を口にするとき、われわれこそが最良の模範を示さねばならない」。さらにヒムラーは強調した。この誠実という観念には、〈ドイツ的誠実〉のイデオロギー的伝統が存するのである、と。

〈ドイツ的誠実〉とは何なのか。第一には、ヘル（主君・主人）にたいする完全な献身。第二には、自発性。SS隊員になるとき、ドイツ人は誓ったのである。「私はドイツ国の総統にして宰相のアドルフ・ヒトラー閣下に誠実と勇猛を誓います。私は死ぬまで閣下および閣下の指定される上司にたいして服従を誓います。神かけて！」と。

　事実は、こうして多くのドイツ人は恥じることなくSSに入隊した。その指導集団の三分の一は大学教育を修了したエリートであり、かつその大学卒の三分の一はドイツ法曹界に入る資格を持つ法学部の卒業生であった。かれらは第三帝国において社会的な、政治的な権威をもつSSに入りたいと自発的に望んだのである。決して強制されたものではなかった。また将官となったものの十五パーセント近くが、貴族の出身であった。

　結局は、ドイツの軍部、官僚、経営組織、圧力団体、諸政党、言論界、教育界そして教会など、要するに支配勢力そのものの性格のうちに、ナチスを育てあげる要素（ドイツ的伝統、民族主義、ドイツ的誠実）があったとみるべきではないか。

ＳＳ本部の前で考えたことを、あのときに周囲のドイツ人に洩らしたら、何をいまさらと笑われるか、悪質な妄想だねと叱られたことであろう。いまのドイツ人の目標や理想は一変している。われわれの野心は権力になく、繁栄に向けられている。われわれは祖国という言葉にはまるで無関心で、社会的公正や環境保護に関心を抱いている。われわれはヨーロッパのなかのドイツを目指していると、強く抗弁することであろう。

そして過ぐる日の戦争については、一九八五年の、あの胸打たれるワイツゼッカー大統領の言葉を引用することであろう。

「過去に目を閉ざすものは、現在にも盲目になる。……」

しかし、意地悪く問いかけたい。

アウシュビッツの真相の解明も、戦争犯罪人裁判も、それらが自分たちにとって必要なことなのではなく、占領政策によるものだと、考えなかったか。

「アウシュビッツで殺されたのは六〇〇万人もではなかった。そうじゃなくて……」とひそかにつぶやいたことはなかったか。

「しかもわれわれは知らなかったのだ……」と抗弁したことはなかったか。

連合国の戦後の冷戦が、ドイツ人にとって救いとならなかったか。ますます自己欺瞞《ぎまん》しやすくならなかったか。

戦犯裁判で有罪判決をうけた実業家が一九五一年二月には釈放され、かれら第三帝国時代の多くの「国防経済指導者」がいまの有能な経営者にならなかったか。

「ドレスデンの無差別空襲がある。カチンの森の虐殺がある。われわれだけじゃないさ」とわめいたことはなかったか。

大学でもそれ以下の学校でも、歴史の授業はビスマルクまでで終えたがらなかったか。ヒトラーが戦争の指導を将軍たちに任せていたら……フォン・マンシュタイン将軍やハインツ・グーデリアン将軍らに任せていたらと思うことはなかったか。

一九八八年十一月、西ドイツ連邦議会議長イェニンガーが、ナチス政権奪取の一九三三年から戦争が始まる前の三八年までのドイツを高く評価し、ヒトラーを千年に一人の指導者と讃えた。飲み屋の政談でなく、神聖な議場で発言したため内外からの反発、批判がでてイェニンガーはあっさり辞任した。あのとき「時と場所をわきまえなかっただけで、本当のことを言ったまでだ」とはたして思わなかったか。

いままで東ドイツでは戦争責任や罪についての議論が行われたことはない。東の市民の大多数はヒトラーは西ドイツ人だと考え、あの時代については大雑把なイメージしかもたず、むしろ指導部によって公式に第二次大戦の勝利者の一員であると教えこまれてきた。この人たちと統一国家をつくるに当って、洗脳するより同調するほうが合理的と思わないか。エトセトラエトセトラ。

以上、質問の内容をいくらかかかえてみる、すると、そのまま戦後日本人批判に通じる言辞をことさらにえらんで、ドイツ人をあげつらおうとしているわけではない。

ヨーロッパ人は、ドイツ人の優秀さとされる資質を無条件で認めようとはしないのである。むしろネガティブな面に着目していることに注意を向けたいのである。ドイツ統一にいい顔をしなかったサッチャー前首相が主宰した、ドイツ問題セミナーの覚え書が暴露され、話題をよんだのはつい先日のことであった。その覚え書はドイツの民族性として、攻撃的、出しゃばり、威張り屋、自己中心主義、劣等意識、センチメンタル……。

たしかに能率万能、命令に服従する習慣、伝統である正確さへの執着、徹底性、組織的な性格は、往往にして非人間的、機械的、苛酷さと結びつけて考えられる。ドイツ的誠実というものが、結果的ではあるが、幾百万の不幸のために悪用されたことは否定できない。

アウシュビッツの恐ろしさは、それが組織的に、計画的に規則正しく、かつ誠実に自発的に実行されたことにある。

ＳＳ本部から総統官邸跡までの道は、ほんのひとまたぎの距離である。晩秋というより初冬の淡い夕陽を真正面に見すえながら、メモ帳に記しておいたヒトラーが口述した遺書の文句を読みながら、わたくしはゆっくりと歩いていった。

「わが将兵の犠牲と死にいたるまでの、彼らと私との同志愛によって蒔かれた種子は、いつかドイツの歴史の中に花を開いて、国家社会主義運動の再生となり、やがて真に統一した国家をもたらすであろう」

と、ヒトラーは予言した。さらにかれは地下壕の書斎で、将軍カイテルに最後の手紙を書いた。

「このような大きな犠牲がそのまま空しく終るとは信じられない。……目標は依然としてドイツ国民のために、東の土地を獲得することでなければならないのだ」と。

はたして、ごく近いいつの日にか、東欧が、ヒトラーの遺言どおりに、ドイツ・マルクに支配されるときがくるのであろうか。空恐しいことである。

やがて行きついた総統官邸跡には、建設中途で作業中止したとみられる二階だての、ソ連風の不細工な建物が、無残な姿で建っていた。何に使うつもりであったのか。柵と“Betreten der Baustelle verboten”（建築場へ出入りを禁ず）の看板を立てるために半端に造っておいた、と疑いたくなる。わたくしはかまわず入っていって、地下壕の、ヒトラーが死んだ書斎それからその死骸の焼かれた場所と思われるあたりに立ってみた。

ヒトラーは死の直前に命令した。「地下壕は破壊しないこと、私はロシア軍に私が最後の最後までここにいたことを知ってもらいたいのだ」その地下壕をソ連軍はどうしたのか、公刊戦史はまったく触れていない。多分、わたくしの足もとにそのままいまも存在しているのであろう。

（ベルリンの壁崩壊のとき、日本のいくつものテレビは「これが総統官邸跡です」と広々とした雑草の丘を映しだした。あれは嘘である。そこはすぐ近くのポツダム広場であり、総統官邸はウィルヘルム街とフォス街の角にあった事実を、なぜか無視したのである）

昭和天皇のドイツ観

時評ならざる時評はこれで終るつもりであったが、もう一つ、より脱線になるが、ベルリンのホテルの一室で考えたことを追記しておきたい。それは休暇を楽しんでいる間じゅうずっと頭を離れなかった「昭和天皇の独白八時間」のことで、その一部にある昭和天皇のドイツ観でありソビエト観についてであった。「独白」のなかで、なぜか昭和天皇はドイツに冷たく、かならずしもソビエトにはそうではない。すなわち、

「日独同盟に付ては結局私は賛成したが、決して満足して賛成した訳ではない」

と天皇は発言している。事実、ほかの資料でも昭和天皇のドイツにたいする不信は明らかである。『畑俊六日誌』には「陸軍の教育があまりに主観的にして、これドイツ流の教育の結果にして、手段をえらばず、独断専行をはき違えたる教育の結果にほかならず」と酷評している。

　また、昭和十五年九月十六日、三国同盟締結決定のとき、昭和天皇はいっている。

「ドイツやイタリアのごとき国家と、このような緊密な同盟を結ばねばならぬことで、この国の前途はやはり心配である。私の代はよろしいが、私の子孫の代が思いやられる。本当に大丈夫なのか」（傍点半藤）

　折からドイツ国防軍の電撃作戦が、世界戦史にみられぬほどの鮮やかさを示していたとき。そして、ナチスばりの「強力な一元政治」を実現すべしとする国内新体制運動の声が初夏のころから高まり、要約するかのような「バスに乗り遅れるな」が、日常の挨拶語の

ようにいわれだしていたとき。国粋主義者も右翼も知識人も、ドイツを讃美していた。そのときに、天皇のドイツ観の、なんと時勢とかけ離れたものであったことか。

さらに「三国同盟に付て私は秩父宮と喧嘩をして終った」という言葉に注目したい。昭和天皇が嫌った対ソ主戦論を主張する皇道派に、秩父宮は同情的であった。その上に宮は思想的に親ドイツに近い、とすると、

「私が若し開戦の決定に対して『ベトー』をしたとしよう。国内は必ず大内乱となり、私の信頼する周囲の者は殺され、私の生命も保証出来ない、それは良いとしても結局狂暴な戦争が展開され……」

という「独白八時間」の〝結論〟の背後にある昭和天皇の憂慮が、おぼろげながら察せられる。そして、「私の信頼する周囲の者」には、いわゆる少壮の革新軍人や革新官僚上りのものが多かった。大正デモクラシーの影響をうけたかれらは、社会主義に必ずしも背を向けるものではない。天皇発言に、ソ連にたいするきびしさが見出せないことに、当時の宮中の雰囲気がどんなものであったかが、なんとはなしに窺《うかが》われる。

それともう一つ気にかかったことがあった。昭和天皇がしきりに三国同盟条約のなかの「三国単独不講和確約」をいい、「一度何処かで敵を叩いて速かに講和の機会を得たいと思

つたが、独乙との単独不講和の確約があるので国際信義上、独乙より先には和を議し度くはない。それで早く独乙が敗れてくれゝばいゝと思つた程である」とまでいっているくだりである。

それならば昭和十八年夏、ムッソリーニが失脚してイタリアが単独で無条件降伏、三国同盟は有名無実となった、あの機会が活かせなかったものか。あのとき昭和天皇ははたしていかなる判断をしたのか。そのことが、ベルリンの厚ぼったい雲の垂れこめた夜空を眺めながら、あれを思いこれを考えしているうちに、やたら気になってきた。この点を、日本に戻ったらいち早く資料にあたって確定しなければなるまい。そう思いつつ十一月七日ベルリンをあとにしたが、帰国したらそんな小さな問題どころではなくなっていた。

日本のマスコミは「昭和天皇の独白八時間」をめぐって騒然としていたのである。

第三章　ドイツのなんということもない話

第三章は『ベルリン拝見』所収の「ドイツのなんということもない話」に、著者が手を入れたものである。収録にあたっては、当時を振りかえって新規原稿も執筆した。

「最初に敗北ありき」

　ＡＰ電によれば、一九九〇年の世界十大ニュースのトップは、東西ドイツの統一である。八九年の第一位はベルリンの「壁」の崩壊。二年つづけてドイツは世界のニュースの中心となった。

　シュトルム・ウント・ドランクというのは、ゲーテやシラーの目指した文学運動をあらわす言葉であり、長い歴史を通してドイツ人の内部にひそむ激痛を詩的に表現したもの、ということになっている。いまのドイツは文学だけではなく、政治・経済・社会あらゆる面で、まさしく疾風怒濤《シュトルム・ウント・ドランク》のただなかにある。どっちへ向かって航行しようとするのか、その予測なんかできっこない。

　戦後のドイツは、最初に敗北ありき、であった。アウシュビッツの強制収容所の現実が明らかになって、ドイツ人は軽蔑され、非人間視され、自暴自棄に陥った。「崩壊」という言葉がまず流行した、というが、理由のないことではない。この言葉は大多数のドイツ人の感情をいいあてていた。

　崩壊していた精神は、強くかつ速く、救済を求めつづけるのである。それで、統一のためにあらゆる困難も無視して突っ走った。では、国民として、民族として、ひとつの国家を求めた心情は、つぎに、何を要求するのだろうか。

一週間滞在しただけで、こんな大問題に答えられるはずはない。せいぜい国運のご回復を祈りたくなるのだが、当方のご回復も考慮に入れてもらう条件をつけたい。日本における精神の崩壊は、ご同様どころの騒ぎではないからである。

廃墟のベルリン

もう何百年も前のような気になることがあるが、東京大空襲のあった翌朝、わが家の焼け跡から綺麗に澄んだ春まだ浅い空のもと、富士山を望見した記憶が、いまもあざやかである。東京は「焼け野原」の表現にまことふさわしかった。紙と木の都市はまさしく灰燼《かいじん》、つまり広々とした灰と燃えカスに帰していた。

三百六十三回の空襲をうけ、かつ約二週間の市街戦の舞台であったベルリンは、石とレンガの街であっただけに、東京とはまったく違った様相をみせていたようだ。爆弾や焼夷弾で天井や床が落ちても、外壁はナイフの刃先のように突き立っていたし、崩れ落ちた建物の不燃の鉄やコンクリートの塊が山のように積みあげられた。焼野原でなく廃墟である。その粗大ゴミの量だけで、幅三メートル、高さ五メートルの万里の長城がベルリンからドルトムントまで築けるほどであったという。

　詩人にして劇作家のブレヒトは、こんなベルリンを「ポツダム市のそばの瓦礫の山」と表現し、これが「ローマより多くの記念碑と彫像があり、ベネチアより橋の数の多かった」大都会のなれの果て、とまでいいきった。

　いまのベルリンは、その廃墟から生き返りつつある。それも一九八〇年代の東ドイツの復元政策のおかげで、〝ローマより、ベネチアより〟というわけにはいかないであろうが、往年の荘重さをウンター・デン・リンデンの通りの両側にとり戻している。

　西ベルリンの鬱蒼たる森のティアガルテン、それを両側に眺める六月十七日通りから、ブランデンブルク門をくぐって、東ベルリンのウンター・デン・リンデンに入ると、これぞ彫刻と建築の並木道。ベルリンがドイツ人の魂の町であったことが、さすがに呑気な旅人にも実感された。

　それで、マレーネ・ディートリヒが歌った流行歌の、

ウンター・デン・リンデンの古い樹が生い茂っているかぎり
私たちにかなうものはない
ベルリンは何といってもベルリンなのだ！
みんながお前を見捨ててしまっても
私はいつまでもお前のもの
私のふるさと
ベルリンは何といってもベルリンなのだ！

やるせなくして妙なるメロディを、ふと、ハミングしたくなってくる。（本当かい？とキミ疑い給うことなかれ）そして、よくもまあ歴史的ベルリンを忠実に復元してくれたものよ、と東ドイツ政府ならびにソ連政府に感謝したくなってくる。この東ベルリンにみる伝統回復の社会主義的秩序と、西ベルリンにみる商業主義的自由による頽廃と猥雑さとをくらべてみると、社会主義だって使いようによっては、なかなかに捨てたもんじゃないぜ、と妙な気持になってくる。

となりへ国際電話

オランダからKLMで入ったら、着いたところは東ベルリンのシェーネフェルト空港。いきなり英語のよく通じない、ソ連式の厳重な警戒の名残りをとどめるところに降りたので、いささか面喰らった。出迎えてくれるはずの頼みの綱の辻さんの姿もない。

そこは旅馴れている平気さを装って、さっそく公衆電話。ところが呼べども叫べども、通じないのである。参った参ったで、一瞬〝蒼ざめた馬〟になった。

あとで聞いたら、統一成ったとはいえ、まだ東と西は電話線の上では外国なのだそうで、つまり「国際電話」である。東ベルリンから西へ電話する場合は、国番号の「49」を回さなくてはならない。西から東へは同じく「37」が必要。しかも回線が極端に少なく、東から西へは倍増されてもやっと八九二回線。西から東へは一四〇〇回線。目と鼻の先きに電話するより、モスクワやワルシャワのほうがすぐに通じる。というのだから、前途多難をはじめから痛感させられたことであった。

ヒトラーという名の男

ヒトラーとはそも何者か、という問に簡単に答えられるようなら、これまで世界中で二〇〇〇冊におよぶ〝ヒトラー伝〟が書かれるはずもない。第二次大戦における日本のリーダー東条英機なんか、たかだか一〇冊がいいところ。横綱と序の口、番附のケタが違うのである。それならヒトラーは「偉大であったと形容されるべきであろうか」（ヨアヒム・フェスト『ヒトラー』の冒頭の一行）となると、首をかしげたくなる。

プラス・マイナスのどっちにせよ、偉大とか稀代とかの形容なしに、ヒトラー像をうまく描いていると思われる好ましいエピソードが二、三ある。

そのひとつは映画「リリー・マルレーン」で、ゲッベルスの補佐官ヒンケルが、この流行歌を歌う小柄なヴィリー嬢を、執務室でわがものにしようと迫るが、彼女は同意しないシーンがあった。ついに彼は脅しをかける。あわや落花狼藉……そこへ不意にヒトラーの副官が入ってきた。

「総統が是非にもリリー・マルレーンに会いたがっておられます。現在、それが総統の最大の夢だそうで……」

「えッ、総統がこの小娘に……」と、口をぽかんとあけたヒンケルの表情がおかしかった。いままさに、スターリングラードを攻略しようとし、大英帝国への上陸を準備し、やがては世界を支配せんとしているとき、総統がもっとも欲しているのが、この対面であったとは。ヒンケルならずとも、ヒトラーの最大の関心が、愛や郷愁をうたう彼女の艶歌にあるなんて、あんまりだと思うよな。

　側近のアルベルト・シュペーアがその著『ナチス狂気の内幕』で紹介している場面も、なかなかにいい。パリを占領した翌日（一九四〇年六月十五日）、ヒトラーは将軍たちにかこまれて、堂々と勝利の入城をした。と、ヒトラーはまず第一にいった。

「オペラ座へ行きたい」

　そしてヒトラーは、オペラ座に着くと、隅から隅まで将軍たちを案内した。しかも仕切り席がなくなっていることにまで気づいた。指摘されて、附き添っていた劇場案内人はその事実を認め、数年前の改修のときに取り払われた旨を答えると、ヒトラーは躍り上って喜ぶのである。

「どうだ、諸君、どれほどわしが詳しく知っているか、これでわかったろう」

いくら若いころ建築に関心があったとはいえ、歴史に冠たる勝利の翌日に、青くさい情熱をよび起し、それに押し流されてしまうとは。将軍たちの表情をシュペーアは描出してはいないが、さきのヒンケルのそれと同じであったにちがいない。

そんなあどけなさと違って、シュペーアが描くもうひとりのヒトラーは、これは単純さを超えて鬼気迫るものがある。シュペーアは「火をヒトラーの本領とみなす」といい、「かれの好きな火は、創造的な面でなく、その破壊力であった」と結論する。

「総統官邸で、ヒトラーは、火炎に包まれたロンドン、ワルシャワ全市を襲う火災、Uボートにやられ爆発する輸送船団、そんな映画を熱中してくりかえし見ていた。そして戦争末期、猛爆にさらされる地下防空壕で、轟音をたてて焼け落ち巨大な松明《たいまつ》と化したニューヨークの摩天楼、爆発で真っ赤に燃えさかるこの大都会の照り返しに、血のように赤く染まった曇り空……そんな想像の情景をくわしくわれわれに語ってくれた。このときほど、かれの熱狂ぶりが常軌を逸したことはなかった」

結局は、ヒトラーという人物は歴史上の偉大な「人格」とよばれる存在ではなかったのではないか。と、そう早急に決めてしまうのにも臆すものがある。異常性格者、男色家を装う女好き、日和見主義者、ワグナーを聞く暴君、資本家の番犬、あるいは単に演説のうまいアジテイター。いやそうではなく、屈辱のなかから起ち上った英雄、ほんものの独裁者。と、あれやこれや論じた書を読みふけってみても、ついに首根っこをつかむことはできないようである。

ちかごろは、一市民にすぎなかった人間ヒトラーが、なぜ世界史的発展にかかわりえたのか、つまりドイツ人の民族性を理解することこそ、ヒトラー研究のカギがあると思うようになっている。

キャベツ頭のこと

「ドイツ語は？」と訊かれると返事に困る。旧制高等学校に在学して、ドイツ語万能の寮生活を送ったから、シャン（美人）、エッセン（食事）、ビッテ（頼む）、ダンケ（有難う）、アインスツバイドライ（一、二、三）ぐらいの単語は身についているが、本場にくれば、まずは屁の河童ほどの役にも立たない。頼みの女房どのとくれば、イングリッシュでは観音さまぐらいの御利益があるが、ドイッチェとなると目に一丁字もない。同行二人、足して十分の一人前ほどというところ。

それでも、愉快なドイツ語について山ほども聞いてきた。記憶にあるうちに急いで書くことにするが、そのひとつ、ドイツ人の姓。日本人の姓にだって妙ちくりんな、そもそも起源を疑うような、理解を越えるものが数多い。どうしてあんな姓があるかと不思議に思うが、ドイツにだって同様の奇妙奇《きみようき》天烈《てれつ》な姓が数えきれないほどある、というから愉快であった。

たとえば大哲学者ヘーゲルが〝馬鹿頭〟で、カントが〝パンの切れはし〟だなんて、だれが知る。ミューラー（粉屋）、シュミット（鍛冶屋）、フィッシャー（漁師）のようなのは耳なれているから、別におかしくもないが、十九世紀の大歴史家ランケが〝蔓《つる》〟で、ゲーテとならぶ文豪のシラーが〝閃光〟で、童話の兄弟グリムが〝憤怒〟ときては、こっちの頭がおかしくなる。

世界的に偉大な統一という事業をなしとげたコール首相が実は芯のない〝キャベツ〟なんだそうで、それを聞いたときは、どうという理屈はないが、口アングリである。

この御人、経済学どころか数字にはまったくの音痴クラスなんだそうで、今日の言葉でいうアバウトが、大福帳をぶらさげての談合をつづけ、結果は瓢簞《ひょうたん》から駒で、統一ドイツを生んだそうな。とりも直さず、政治家にもっとも必要な素質とは何か、の問いにたいする解答が、おのずとうかんでくる。

外交術から程遠く、巨漢いささかウドの大木。精緻と洗練、機知と鋭敏、これまでの政治家の要素とは縁のない空っぽキャベツ。むしろ現代の情報化世界で大仕事を成しとげうるのは、そんなブルドーザーみたいな御仁にかぎるのかもしれない。もっとも、終戦時の幼年学校生徒のコールの、愚鈍にもみえる無感動の表情には、何ごとにつけて機略と計算と禁欲主義が隠されている、と評する人もいる。最後の禁欲主義には〝ドイツ式〟という形容詞をつけたほうがわかりいいかもしれん。

「パリやローマの人びとが、ドイツ統一に匹敵するような出来事にでくわしたならば、ドンチャン騒ぎで祝うことでしょう。しかし、ドイツ人は坐って細部をよく調べて、お祝いは後日のことにしようと、言うのです。そのうちに年齢をくって、お祝いする機会などはなくなるかもしれない、というのに、そう考えるのですよ」

ドイツ人コールの冷静にして堅実な言葉である。その偉大な首相を、「あいつは〝コール・コップ〟（キャベツ頭）だから」とベルリンっ子は馬鹿にしながら、グビグビと大ジヨッキを傾けている。

犬のくそ

犬という動物は、オオカミと同じように、群れのなかできびしい順位階級を重んじる傾向がある、という話を聞いたことがある。犬と並べるわけじゃないが、ドイツ人もまた階級意識がきびしい。そこからドイツ人の犬の飼い方はきわめてすさまじくなるそうである。日本人のように「ネコ」可愛がりやアキラメとは無縁で、徹底的に叱りつけ、全力でひっぱたいて、犬が尻尾を垂れて「かないません、あなたがご主人です」とひれ伏すまでこてんこてんにやっつける。そして家の中での順位を決定する。ドイツの教育は人も犬も同じらしい。

それなのに、ドイツのベルリンの大通りは、パリについで、犬のくそのオンパレード。町を歩くときになにより注意すべきは犬のくそと聞いていたが、あわれ踏んづけて「またやっちゃった！」と慨嘆することしばしば。夜の東ベルリンのほの暗い灯火の下、百万千万のご忠言も詮なしと申しあげるほかはない。

「夏なら乾燥しちまうんですがね、冬はいたるところでぐちゃりとこびりついてますからね」

　と友は同情してくれたが、そのフンプンたる臭気たるや、優しいなぐさめの言葉もうけつけたくはなくなる。「上を向いて歩こう」なんていう、亡き坂本九ちゃんの歌は、日本だけに通用すると思い知った。

　ドイツのテレビが、ガンガラ缶と箸とをもって犬のあとを歩く日本の主婦の姿を映しだして、「日本に学べ」という大キャンペーンをはったらしいが、費用対効果はゼロに近かった。ドイツ人が箸を使えるはずはないし、まさかナイフとフォークをもって犬のあとを追いかけるわけにもいくまい。

　あれだけきびしく教育していながら、街路での垂れ流しの自由は解せないといったら、ドイツでは、きちんと住居のなかで飼っている、犬の散歩はむしろ大小の用をするのが目的なんだ、つまり合法的なんだ、といい返された。しかも、公園の芝生に犬を入れてはいかん、という規則をわれわれはきちんと守っている。で、やむなく石やコンクリートの歩道の上で、大きな用をすますことになるんですとさ。われ、何をかいわん。

金色のプレート

犬のくそだけではない。夜間などとくにそうだが、ビールのほろ酔いでベルリンの大通りを歩いていると、やたらに石（？）につまずいて転びそうになる。何が出っぱっているのかと疑問に思って、翌日になって昨夜転びそうになったところに、探索でわざわざいってみると、金色の四角いプレートが埋めこまれているのである。上になにやら文字が彫られている。

通訳兼案内人のペトラーさんに「何ですか、これは」と訊くと、彼女はしばし口ごもったが、答えにくそうに教えてくれた。

「かつてここに住んでいて、連れ去られて帰って来なかったユダヤ人の名前です」

これには、太平楽にたずねたわたくしは棍棒でなぐられたように、立ちすくんだ。通りに面したその家はない。強制収容所に連行されたとき壊されたのか、あるいは陥落直前の市街戦のさいに砲弾で破壊されたものか、それはわからない。ドイツ人は、とにかく、そこにユダヤ人が住んでいたことを忘れないために、プレートを道にはめこんで残しているのである。

　ベルリンの通りには大小にかかわりなく、そんな「つまずきのプレート」が残されている。場所によっては、七つも八つものプレートがひと固まりになっているところもある。それらは負の遺産の象徴であるかのように並んでいる。われら旅行者なんかと違い、ベルリンに住むドイツ人たちはしょっ中それらに直面していて、目を逸らすわけにはいかない。

　それにくらべてわれら日本人は……なんてくらべるために書いているのではない。事実だけを歴史探偵として報告しているだけ。歴史的事実とは捨てきれるものではない。われらの行為はわれらを追う、という言葉がある。未来永劫、ドイツ人がやったことはドイツ人にくっついてくる。しかし、日々努力して思いだし語り継いでいかないと、掌からそれはこぼれてしまうと、ドイツ人はわかっているのであろう。金色のプレートはそのことを語っていると、勝手にわたくしはそう思った。

　東西分断のつらい、長い間の体験があったればこそ、彼らはそのことを知った、なんていったら、ドイツ人に叱られるであろうか。

二つの教科書

まだ壁が崩壊しないときの話である。

東ベルリンの子供たちは「ソ連の特別の好意で、自分たちの国を作ってもらった。壁はその国を守るための防壁」と思っていた。

西ベルリンの子供たちは「あの壁の向うはソ連という国だ」と思いこんでいた。かれらにとって、東ドイツという国はなかった。

全部が全部、そう考えていたわけではあるまい。しかし、一九六一年いらい約三十年間、壁があることが日常なのだから、子供たちの誤まった観察を責めるわけにはいかない。

日本へ帰ってから調べたことなのであるが、東ドイツでは、ベルリンの壁を単に「壁」ということは禁じられていた。正式文書では「反ファシスト防壁」と書くことを義務づけられた。

小学校四年生の教科書には、つぎのように説明されている。

「資本家と西独の支配勢力は、われわれ共和国が豊かになることを妨げようと、スパイを送りこみ、騒動をおこした。六一年、西独の戦争推進者はわが国を奇襲攻撃する準備をしてきた。そこで、八月十二日から十三日にかけての夜、われわれの人民軍将兵と戦車は、西ベルリンに通じる国境に走り、反ファシストの防壁を建設した。西独支配勢力の戦争計画は無となって、平和が息を吹き返した」

国家百年の計は教育にあり、というが、こんな教育をうけてきた子供が、統一となって、こんどは西ドイツの小学校と同じ教科書を使わせられることになった。それにはベルリンの壁がこう書かれている。

「六一年、東独は慢性的につづく若者たちの西独への流出をストップさせるため、壁を造った。若者の流出は東独の社会主義建設にとって致命的になる、とみられていた。この壁をのりこえようと多くの人びとが犠牲になるとともに、分断による家族離散の悲劇もうまれた」

日本の文部省関係の諸賢によくよく読んでもらいたいために書いているのではないが、子供たちにとっては教科書は金科玉条。かつてわれら昭和一ケタは金甌無《きんおうむ》欠《けつ》の国体を信じ、教えられたことを自分の血とも肉ともしてしまった。そのことを知るゆえに、このことの将来を憂える。まったく相反する壁の意味を突然に教えられた東ドイツの子供たちが、目を白黒させるだけですむならいいが、胸底に強烈な不信感をはぐくみ、それがかえって極端なナショナリズムへかれらを走らせるようなことにはなるまいか。いささか憂慮にたえぬ気がした。

いずれにせよ、ドイツの勝負はこれからである。

スターリン特注の円卓

ベルリン滞在の一日を割いて、ポツダムへいった。東京にたいする横浜ないし鎌倉、という距離だからベルリン南西の衛星都市というところか。

ふつうポツダムといえば、ブルボン王家のベルサイユ宮殿、ハプスブルグ王家のシェーンブルン宮殿とならぶ、ホーヘンツォレルン王家のサンスーシ（無憂）宮殿ということになる。ここは、小さいながら、プロイセンの栄光をもっともよく感じさせる市で、ロココ様式の宮殿から大庭園を見下していると、フリードリヒ大王が偉大であったことがしみじみとわかる。

されどわれの目指すのは、ツェツィリエンホフ城。といっても、今世紀のはじめにウィルヘルム二世によってつくられた英国風の、そんじょそこらにもある別荘。第一次大戦中に結婚した皇太子の新居にあてられ、花嫁さんの名ツェツィリーの名を冠してそうよばれるようになった。いや、そんな見も知らぬ他人の幸福ごとなんざ、どうでもよろしい。一九四五年の七月十七日から八月二日まで、スターリン、トルーマン、チャーチル（後半はアトリー）の三巨頭がここで会議をひらき、と書いたら、このあと何をいいたいかお察しがつこう。世にいうポツダム宣言（日本への降伏勧告）は、会期中の七月二十六日に、ここから発せられたのである。

しかし、歴史の現場に立つ、というわが夢はいともはかなかった。三カ月前の七月のある夜、何者かが外から近づき窓から火をつけた布切れか紙切れを投げいれた。おかげで歴史的会談の行われた接見室は炎上し、見る影もなくなった。部屋はまだ真ッ黒焦げのまま。それで観光客は折角ながら立ち入り禁止、ときたもんだ。ない話だよなァ、こっちははるばるファー・イーストから飛んできたんだぜ、これが金あまりの日本なら、たちまちにトンカチ復元しただろうに、と大いに地団駄を踏んだ。

「部屋の壁を覆っていた美しい樫の化粧板は全部やられました。一日も早く元どおりにしたいのですが、いまではあのように上等の樫を手に入れることは不可能です。三国の代表団がまわりを囲んだ円卓は、スターリンがモスクワの家具工場に特注してつくらせたものでしたが、いまはそんな贅沢は許されません」

なんて説明を聞かされると、かえって癇にさわる。せめての腹癒せに、庭から窓をとおして真っ暗な部屋のなか、わずかに米・英・ソ、三本の小さな国旗がみえたので、ダメ元を承知で、シャッターを切った。これがなんと写ってました。それみろ、オレの腕前は優秀なんだと、いまはわずかに溜飲をさげている。

ところで、この附け火事件の起ったのは、聞けば七月二十六日から二十七日にかけての夜。なんとポツダム宣言の発せられたその日ではないか。犯人は昭和史にくわしい日本人かもしれぬ。

プラス四六〇万人

このツェツィリエンホフ城の観光客用の入口の部屋の壁に、第二次大戦にかんする写真や図表が沢山かけられていた。いちいち見るのもシンどいので多くは素通りした。円卓をかこむ三巨頭プラス随員の有名な写真もあった。広島の原爆の写真もあった。いちいち由緒ありげな説明もついていたから、これら展示説明は一応の権威を誇っているのかもしれない。

そこに掲示されてあった第二次大戦における各国の戦死者数。

ソ連　二〇〇〇万人。支那　一〇〇〇万人。ポーランド　六〇二万八〇〇〇人。ドイツ六〇〇万人。日本　二六〇万人。ユーゴ　一七〇万六〇〇〇人。フランス　六五万三〇〇〇人……アメリカ　四〇万七〇〇〇人。

これらが公式発表の死者である。これほどの人を殺してもこりずに、戦後も地球はどこかで火を噴いている。地球人ってヤツは滅亡まで救済はないのであろうか。

こんなに多く、と書いたが、このほどソ連から訂正の申しこみがあった。実はソ連の死者は二四六〇万人であり、その九九・九パーセントが対ドイツ戦によると。知らされた統一ドイツのコール政権はびっくりして聞いた。

「なぜ、いまごろになって……」

モスクワの返答はあっさりしたものである。

「当時、ありのままの数字をだしたのではソ連国民に与える影響が大きいと思って……それで今日まで四六〇万人は引いておったのです」

統一ドイツは、統一を認めてもらうべく、ソ連からつきつけられたさまざまな条件を、やむなく片ッ端から呑んだ。ドイツ駐留のソ連軍隊の帰国費ひとりイクライクラ、それまでの滞在費ひとりイクライクラ、戦争中の戦死者にたいする賠償ひとりイクライクラ……とたんに戦死者数が二割強増しになったのである。ソ連という国家の強欲ぶりには、ドイツ政府でなくとも頭がクラクラする。

日本人はお目出たいからすぐ安心する。ゴルバチョフが来日したら、北方領土は返還されるなんて。そうは問屋がおろさないのじゃないか、という予想はただちにつく。

なお、死者数を訂正するか、ツェツィリエンホフにそのうち問い合わせようと思っている。

カーベ氏、年齢四十半ば、失業中、生活保護受給者。西ベルリンに住む。この男が超困った人物になったのは、計十五回も中心部の壁を、東から西へではなくて、西から東へジャンプして捕まっているからである。何時間にもおよぶ尋問の結果、東ベルリンの国境警備隊が知りえたのは、政治的意図も、かれには東へ残りたいのだという真剣な気持もない、ということであった。

「誰かに送りこまれたのではないか」

「いいえ、自分の意志で来たのであります。ただ向こう側へ行ってみたかったのであります」

「なぜ、国境検問所を利用しなかったのか」

「自分は壁の向かいに住んでいるので、壁越えこそ最短の直線道路なのであります」

東はかれを三カ月病院に入れて検査して、そして西へ送り返した。カーベ氏は東で三カ月タダ飯を食い、その間に西では規則どおり三カ月分の生活保護費を、かれの銀行口座に振りこんでいた。で、その貯まった金で十二分に英気を養ったカーベ氏は、また壁を西から東へジャンプした。また三カ月して西へ送り返され、英気を養って、かれは直線道路をとることを選んだ。計十五回、かれは跳んだ。

かくして東西ドイツ関係にとって、カーベ氏は深刻な厄介者となった。西の当局は、ベルリンから遠く離れた南独の親類縁者のもとへ、かれを公用ベンツで運び、そこの古城の壁でも跳ばせておこうという案を、実行に移した。そこでは、はじめの二日間はごくおとなしく過したが、三日目にベルリン行きの切符を手に入れ、また跳んだ。東西両当局は完全に手段に窮した。

ほんとうの跳ぶ動機を尋ねても、カーベ氏の口からはそのつど同じ答が返ってきた。

「アパートの中がしーんとして、外は灰色の霧だらけ。天下泰平なもんよ。まあ、いっちょ壁でもまた跳んでやるかって気にもなるさね」

実は、西ドイツの作家ペーター・シュナイダーの小説『壁を跳ぶ男』のなかにでてくる話なのであるが、カーベ氏のほかにも壁をものともせずに、東西を行き来する奇想天外な人物たちがこの小説には登場する。狐につままれたような気分になるが、これらの男たちはすべて実在。シュナイダーは、新聞の片隅にのるこれらの男たちの記事を、何げなしに集めたのが、この作品を書くきっかけになったと語っている。

ベルリンを舞台に、東西の緊張関係や壁それ自体の恐ろしげな滑稽さ、要は政治の愚劣さを諷刺した作品ともとられやすいが、作者の真の主題はそんな政治的なものではあるまい。人間とはまこと流されやすいもの。壁が築かれたことでそれが日常化し、いつかこころの内部にまで築かれてしまった壁――この本の訳者がいうように「人間とは、そもそもどれほどまで狂った状況に慣れてしまうことができるのか、という問題提起」なのであろう。

そういえば戦時下の日本の、ばかりじゃない、飽食時代に浸りきった今日のわれわれも、知らず知らずに「頭の中の壁」を築いているような気がする。

ブランデンブルク門

パリとくればエッフェル塔か凱旋門かであるが、ベルリンならブランデンブルク門できまりである。で、ベルリンのとある町角の本屋で、この門の歴史を物語ったヴィジュアル本を購《もと》めた。あいにく全文ドイツ語で（当り前だね）文章のほうはさっぱり。写真や図版をフムフムと眺めているにすぎないけれど、それでも大雑把な歴史はつかめそうである。

ベルリンは、プロイセンのフリードリヒ大王によって、十八世紀なかばに生みだされた。第二次大戦で戦禍にあった旧王宮は、戦後、撤去されてマルクス・エンゲルス広場に変ったが、東ベルリンに昔ながらに復元された国立オペラ劇場、フンボルト大学、旧国立図書館、ドイツ歴史博物館などは、すべてプロイセン・スタイルの建築様式をもつ。建築学的にはラテン語でフォルム・フレデリキアヌムとよばれるんだそうだが、いずれも重厚豪壮なスタイルをもっている。ブランデンブルク門もその代表的建築の一つである。大王が死んで間もなく一七九一年に建てられた。

なるほど、ドーリア式の美しい円柱。上に四頭立ての馬車に乗った平和の女神像で飾られた門は、調和のとれた古典的な美しさをもっている。

ところで完成して間もなく、ナポレオンがプロイセンを破ってベルリンを占領、という歴史がはじまるのだから、この門が〝ベルリンの運命を目の当りに眺めてきた〟象徴的存在とされるのも、ムベなるかな。そしてこのとき女神像はパリに持ち去られた。

ナポレオン没落後に、女神をとり戻して門上にすえたときから、ベルリンの栄光がはじまる。しかし裏側をみると、この市ではつねに反乱と革命がくり返されている。一八四八年のブルジョア革命では、反乱の側にたいし集会・出版の自由とならんで、路上でタバコを喫う権利が認められた。一九一八年の十一月革命では、この門を中心に市街戦がおこなわれ、王制を廃止、ウィルヘルム二世はオランダに去った。さらにはヒトラーの政権獲得を祝うナチスの炬火《たいまつ》行進（一九三三年）、そして一九四五年にはソ連軍の進攻を迎えて、門には数多くの銃砲弾が射ちこまれた。

戦後もなお、門は歴史的瞬間を間近かに目撃する。一九五三年六月十七日の東ベルリンの反ソ暴動。午後二時、六人の労働者がこの門の上に、一八四八年革命いらいの「黒・赤・金」のドイツ伝統の旗を掲げた。六人はソ連兵の砲火でたちまちに打ち倒された。当日の死者二六七人、戒厳令の即決裁判で九二人が射殺。裁判での死刑一四人、一二〇〇人に懲役刑（その刑期の合計六千年）――と書いている西側の本がある。

西ドイツ国会は、一カ月半ほどあとの八月四日、六月十七日を「ドイツは一体であることの日」として休日にすることをきめ、門へ通じる西ベルリンの大通りを六月十七日通りと改名した。やることがイキだね。基本法（憲法）制定の日も、初の国会召集（国家独立）の日も、祝日にしていない西ドイツ。その国が六月十七日を、悲しみの祭日としたのである。つまりは統一の意思をひろく世界に表明したのである。

そして一九八九年十一月九日の、ベルリンの壁崩壊の夜の、感動的な門の光景。

……てなことを『ブランデンブルク門』という本をとおして、日本に帰ってから勉強しているのだから世話はない。歴史とは読むものではなく見るものである。そう思ってベルリンに立ったのに、所詮は、凡愚の境から抜けだせないものとみえる。

歴史とは見るもの、といえば、ベルリン市の紋章の変遷をみると一目瞭然となる。この市のシンボルは申すまでもなく熊で、はじめて紋章に登場したのが一二八〇年。そのときは熊は後ろ足で立っていた。一四四八年の反乱のあと、四つ足で這い、背にプロイセンの象徴である鷲がのった。いらい、プロイセンとベルリンとの関係は、熊と鷲に象徴される。

十三世紀から二十世紀まで、熊は立ったり、這ったり、王家の鷲が君臨したり、飛びたっていなくなったり。一九一八年の革命で鷲は虚空にとび去り、以後は熊だけが後ろ足に立っている。

同志、禁煙だぞ

西ベルリンの六月十七日の通りに、それもブランデンブルク門が近いところに、なんと、ソ連軍の戦勝記念兼戦没者慰霊の〝聖地〟がある。なんでも東西に分割された直後に、ソ連兵が殺害された事件を盾に、強引に西ベルリン市から奪取したものとか。ベルリン一番乗りの戦車が飾られ、武装したソ連兵が不動の警戒に当る。しかし、統一後は、いやでも観光客のうさん臭く思う冷たい眼にさらされ、兵隊さんは場違いのところにいるような、不景気な面持ちに変った。

　その敷地にタバコを喫いながら入ろうとしたら、

「タワリシチ、ニヒト・ラオヘン（同志、禁煙だぞ）」

と不動の姿勢を動かしてきて、ソ連兵が睨んだ。しまらない話なので大いに恐縮して、敷地外にでたら、西ベルリン子に、

「ドウ・ビスト・ゼーァ・ブラフ（君は実に勇敢だ）」

とほめられた。ソ連兵の面当てにわざとタバコを喫ったと思ったらしい。弱り目祟《たた》り目のソ連人をからかうほど、こっちの人格は下賤ではない、といおうと思ったが、ドイツ語では人格のジの字もでない。残念なことであった。

『坊っちゃん』と対面

ついこの間、東京大学のドイツ文学科の学生はゼロになった、ということを新聞が伝えていた。道理で、森鷗外が読まれなくなったわけか、と妙な連想がうかんだ。鷗外は偉大な作家である。だが、ほんとうは読む気がしない。永井荷風は異色の遊蕩児的作家であるが、実に面白い。鷗外と荷風の違いは、鷗外はリアルなドイツ風、荷風は典雅なフランス風。

そんなことを考えていたら、明治の作家のルーツに想いがいたった。二葉亭四迷はロシア的で、漱石はイギリス的。それぞれ若いときに留学した国によって、作風がわかれる。各国の民族性が、文学魂が、そのまま留学の若き作家たちにのり移るとみえる。これは怖いことではあるまいか。

文学論をやるつもりではなかった。日本じゃドイツ文学が人気がなくなったのに、ドイツじゃ、若ものたちにかなり日本語および日本文学の人気が高まっているのに、ちょっとびっくりした。ベルリンで通訳役を買って出てくれたペトラー嬢も、ドレスデンのカッチャ嬢も、日本の作家をよく読んでいた（但しドイツ語訳で）。カッチャ嬢があげてくれた日本の好きな作家は、ケンザブロー・オエ、コーボー・アベ、コウセ・カワバタ、そして最後にソセキ・ナツメ。

それで、うちのカミさんがそのソセキの孫だよ、と説明したら「光栄です」と大喜び。翌朝、一冊のドイツ語の本を持参してみせてくれた。表題が「東京の門」と読めたので、まさか『門』が……と思ったら、なんと『坊っちゃん』。なつかしい対面だったぞな、もし。

ドレスデンへの旅

一九四五年二月四日からはじまり、戦後世界を決定づけたといわれるヤルタ会談では、いくつもの密約が米英ソ三首脳の間でかわされた。ドイツ降伏三カ月後の、ソ連の対日参戦が重要な一つであるのは、つとに有名になっている。そしてこのとき、東部戦線で決定的な総攻撃をかけるにさいしてソ連指導部は、米英指導部に、ドイツ人の戦意を喪失させるような〝大空襲〟を強く要請した。ベルリンやハンブルグなど要衝はすでに瀕死の重傷にあえいでいる。できるなら無傷の大都市を。

　こうして米英の空軍が標的として選びだしたのがザクセンの首都ドレスデンであった。〝エルベのフィレンツェ〟といわれる芸術の都ドレスデンには、当時それほどの軍需産業はなかったし、東西からの進攻のための戦略的戦術的な、また兵站《へいたん》のための要地としても、とくに意味をもつ都市ではなかった。しかもベルリンやそのほかの都市の空襲や、赤軍の猛進を逃れて、約五十万に近い避難民が集まっていることもわかっていた。

　ヤルタ会談は十一日に終った。その直後の二月十三日夜から十四日にかけて、米英空軍は三四五〇機をもってドレスデンに大空襲をかけ、文字どおり地上から抹消した。死者三万五千人（一説に十三万五千人）という。

　ドレスデン生まれの作家ケストナーは『わたしが子供だったころ』で書いている。

「ドレスデンはすばらしい都市だった。みなさんは私の言うことを信じてよい。だが、私の言うことが正しいかどうか見るために、汽車に乗って行くことはできない。なぜならドレスデン市はもはや存在しないからだ。……第二次世界大戦は、たった一夜で、たった一つの手の合図で、この街を消し去ってしまった。あの比類ない美しさを創造するのに数百年かかった。それを地面からスポッとなくしてしまうのには、数時間でこと足りた」

戦争というものの愚劣さと苛酷を思う。

そのドレスデンは、戦後、東ドイツに入り、くすんだ例のソ連式のコンクリートの建物が建ちならぶだけで、廃墟のまま放っておかれた。かつての宮殿や歌劇場や教会や記念碑は、米英は破壊者であり、ソ連こそが解放者だったという公式解釈のシンボルとして、破壊の淵に沈んだまま風雨にさらされつづけた。

政治というものの愚劣さと虚偽を思う。

しかしドイツ人は掌中の珠ともいうべき芸術の都をそのままにしておかなかった。一九八〇年代に入って、ベルリンが復元の道を歩みだしたころ、復興の声は市民からあがった。市当局もその熱請におされてさっそく大会議。昔の「都市そのものが芸術」をとり戻すのは今世紀中は無理だとしながらも、長い長い議論のはてに、まったく新しい街をつくるか、できるかぎり昔の形に戻すかの選択で、ドレスデンは後者をえらんだのである。ベルリン同様、復古の形によるアイデンティティ追求への、ドイツ人の明確な意識がそこにある。

ツウィンガー宮殿と美術館、かつて廷臣たちがそぞろ歩いた庭園とバロック様式の回廊は、一九八五年に復元再開された。ゼンパー・オペラ劇場も同じころ。再建の柿《こけら》落しはその年の二月十三日に、内外の賓客を招いて盛大に行われた。その日はドレスデン大空襲のちょうど四十年目。演《だ》しものはウェーバー「魔弾の射手」。焼ける前に最後に上演されたオペラと同じものを上演することで、再興を心から祝ったのである。

しかも、旧市街の住民たちは、当局の許可をえて協同組合をつくり、建物の外壁を十八世紀当時の明るくて心ときめくような多彩の形につくりかえた。江戸ッ子的心意気が感じられる、何ともいい話ではないか。

そのドレスデンへ一晩泊りで出かけてみた。ベルリンから、特急の国際列車で三時間半、往復のコンパートメントでの体験もちょっとシャレたものであったが略す。それはともかく、たった一夜ながらドレスデンの旅は、それこそどれすかでんでん太鼓に笙の笛、失われつつある青春の血を、わが体内にたぎらせてくれた。

すなわち、夜のとばりが街をすっかり包みこんだころ、奥方とふたりで、人ッ子ひとりいないツウィンガー宮殿を、腕を組んでそぞろ歩き。赤い月が中空にかかり、エルベの川風も心地よく、「イッヒ・リーベ・ディヒ」と、そりゃロマンチックなこと……。ホテルに戻ってイタリア料理店で、となりの町マイセンの白ワイン「トルガウ」で、ほほ笑みをかわして乾杯。ドイツの若き男女もはだしで逃げる仲のよさ。

　しかし、外には、広島の原爆ドームに擬せられている聖母教会が、大空襲で崩れ落ちたままの姿で立っている。耳をすませば、無差別爆撃にたいし、じっとしているほかはなかった人びとの、無念の慟哭《どうこく》が時空を超えて聞こえてくるではないか。

「今日でも、諸大国は、誰がドレスデンを殺したか、言い争っている。ああ、言い争いが何になるんだろう。ドレスデンを生き返らせはしない。美しさを、死人を、生き返らせはしない。歴史は政府を罰せよ、人民を罰するな」

　ついつい昭和史研究家は、ロマンチックな雰囲気にひたりながら、ケストナーの言葉を思いうかべたりしてしまう。そして着飾った奥方に、何をこんなときにと、キッと睨まれて首をすくめるのである。

　ともあれ、ドイツを訪れることあらば、面倒でもドレスデンまで足をのばすことをおすすめしたい。この町では、歴史と芸術と自然とがたがいにひとつの響きをなして生きている。その古い石畳の道をゆくとき、ベルリンとは違った古都の風格が、身に迫ってくるであろうから。

ジャガイモ

ドイツへ行ってきた、というと、大抵の人はジャガイモとビールの味について尋ねる。一億総グルメ時代なんだから食いものの話も書かなければなるまい。せっかく期待の向きには、せめてジャガイモぐらい提供しなくては失礼に当ろう。

ビールは下世話にいう浴びるほど飲んできたものの、ジャガイモは残念ながらそれほどありつけなかった。同行のかみさんは、東京のドイツ料理店でお目にかかるソーセージとジャガイモだけを、しきりと所望したが、ベルリンでもドレスデンでも、通訳嬢の懸命の弁舌にもかかわらず、いわゆる〝東京のドイツ料理〟はでてこなかった。

ところが、日本へ帰ってきて、ドイツ語の手引きなんかをみると、焼きジャガにはじまって、ジャガ粥、ジャガ・パンケーキ、ジャガ団子、ジャガサラダ、油揚げジャガなどなど、その料理は千変万化。かつ煮たジャガにかけるタレも十幾種類ある、と書かれている。どうもドイツ人の食事の主要素たるジャガイモは、家庭の味おふくろの味の範疇《はんちゅう》に入るらしい。フトコロの暖い旅人がついつい入ってしまう高級（?）レストランでは、所詮は味《あじわ》えないものと観念した。金持ちにはなりたくはないものであります。

で、書くこともなくなったから、イモの生産数の各国比較をご紹介しよう。統一ドイツのイモの年間生産量は、一八四五万トン。これは日本の三倍、アメリカの一・一倍、イギリスの二・七倍、フランスの二・六倍。が、上には上があるもので世界一はソ連で、実にドイツの四倍以上つくっている。これで食糧難に陥っているというのだから、ソ連とは不思議な国、数年後を期してせっせと貯めこんでいるのであるまいな。

いくら気張っても、腹ふくるる話にはならなかった。許されたい。お詫びのシルシというわけじゃないが、ただ一つ、大切なことを学んできたのでお知らせする。それはドイツでは食事のとき、ジャガイモをナイフで切ってはいけないこと。「ナイフが銹《さ》びるから」ということであるが、ほんとうは何か特別な俗信的理由があるようである。その訳はともかく、ドイツ人がこの非礼をとくに嫌うことは確かである。

食いたかった料理

ポツダムのツェツィリエンホフ城に行ったら、そこの食堂にだけある特別料理がある、是非試食されたい、と行く前からハッパをかけられた。何かというと、ポツダム宣言をまとめたその日の夜、スターリンが、トルーマンが、アトリーが、それぞれ執務室に戻って食ったディナー。それがここの食堂に特別メニューとしてあるという。

どうせおいしいはずはないとひそかに思いつつも、選ぶならスターリン夜食にしようと心に期し、〝空腹こそ至上のコック〟という格言を思いだしていた。かくて朝から何も口に入れずに、勇み立ってはせ参じたのに、ああ無情、食堂は超満員かつ「特別メニューは、当城にお泊りになられた方に限ります」。

お城が宿屋を兼ねているなんて情報は、日本には露ほどもなかったのに。

『最後の授業』

旧制高校時代、フランス語の授業で読んだドーデーの短篇『最後の授業』は、牧歌的なうちに底深い悲哀感があって、授業ということを忘れさせ、小説を読む楽しさを与えてくれた。

一八七〇〜七一年の普仏戦争でドイツが勝って、独仏の国境に接していたフランスのアルザスとロレーヌ地方は、ドイツ領になってしまう。このため、アルザスのある村の小学校では、「国語」の授業がフランス語からドイツ語に変えられることになって、今日はフランス語の最後の授業。いつも恐ろしいアメル先生が、今日はやさしく、子供たちと一緒に教室に集まった村人たちに、フランス語という世界でいちばん美しい言葉を忘れないように、とコンコンとさとす。いよいよ授業が終る。先生は悲しく息がつまって言葉がでず、ただ黒板に向かって大きく、

「フランス永遠なれ」

と書いたのである。こんな下手なアラスジでは、この短篇の味のよさはわからないが、かつて読んだことのある人も多いことであろう。そのご記憶に頼りたい。

ところで、このアルザス・ロレーヌ（ドイツ語ではエルザス・ロートリンゲン）地方というのは、普仏戦争でドイツ領となり、ついで第一次世界大戦でフランスに戻り、ヒトラーはこれを再びドイツのものにしようとして、いろいろごちゃごちゃがあって、いまはフランスに安定的に帰属している。国境というものを考える上で、注目すべきところといえる。

さらにいえば、ロレーヌは違うが、アルザス人というのは、民族的にはドイツ人である、というから余計にややこしくなる。密林の聖者シュヴァイツァーは、そのアルザス人で、ドイツ語で著作をし、ドイツ人として扱われている。これも正確には、かれの故郷は、誕生のときはドイツ領、亡くなったときはフランス領。あっさりドイツ人ときめられない。

となると、ドーデーの短篇は、若いころ理解したように、国家敗戦のセンチメンタリズムでよし、とはいかなくなる。民族的にはドイツ人であるアルザス人が、自分たちはフランス国民だと信じ、それがドイツ人にならなければならないのを嘆き悲しんでいる。そう理解を二重三重に深めないといけないようなのである。

島国日本人には、ほんとうの鑑賞にいたらない小説なのであろう。

一度はおいで

ドレスデンで通訳の労をとってくれたカッチャ嬢に、自作のドイツ語の歌を贈ったら、大いに喜こばれた。もっとも「それじゃドイツ語になりません」と一語一語発音を直されたが……。

ドイッチェ　グーテン　プラッツ（ドイツよいとこ）
アインマール　コメンジー（一度はおいで）
　　ドッコイチョン
ブランデンブルク・トール　コーリャ（ブランデンブルク門に）
ブリューメン　ブリューメン（花が咲くよ）
　　チョイナチョイナ

誰だい、「草津節」の盗作だなんてぬかす奴は！

ロンメル将軍の息子

げんに世界がぐらぐらと揺れているのに、いまさら歴史の一ページにうもれた第二次世界大戦でもあるまい。と思うだろうが、元禄二年（一六八九）、奥の細道を旅した芭蕉が高館《たかだち》で源義経を偲んで、夏草や兵《つわもの》どもが夢のあと、の名句を残したのは、義経が死んだ文治五年（一一八九）から五百年もあと。歴史的英雄の記憶を、昔の人はそのくらい持続させたのである。

かの大戦終ってまだ四十五年、第二次大戦のことを忘れるにはチト早すぎはしまいか。アナクロ爺さんとそしられようと、昭和史研究家はしつこいのである。

で、ついついベルリンで第二次大戦の名将たちを偲んで、枯草や第三帝国も夢のごと、なんて下手な句をものしたりしている。ドイツの野を歩いていると、戦車による電撃作戦の創始者ハインツ・グーデリアン、防御戦での名指揮者フォン・マンシュタイン、第二次大戦における名将のひとり〝砂漠の狐〟ロンメル。そんな名が浮かんでは消える。

ところで、そのロンメルの息子がシュトットガルト市長で大活躍、という話が自然とでてきて、見たこともないその人に百年の知己のような親しみを感じた。

しかもこの市長、親父もなかなかの人物であったが、それ以上に市民に慕われる徳行の人らしい。欲をだせばコール級の政治家になれるというのに、謙譲そのもので、大物になろうとせず、ひたすら市の環境をよくすることに精力をそそいでいる、と辻さんから聞かされた。他人事ながら、父子鷹の話は気持がいい。

その上に、著わした本が『怠けものよ、左様なら』とは。市の役人どもは日曜も返上して働いているから、シュトットガルト市はドイツでも指折りの富裕かつ安寧の市となっている。勤勉なるドイツ人の手本、なんだろうが、かれもきっとわれら同様に、日本流にいえば昭和一ケタの生まれにちがいない。友は遠くにもいる。

コーヒー好き

ドイツ降伏も間近かになったとき、各地からベルリンに集められた日本人は約三六〇人、日本大使館地下の防空壕にたてこもっていた。東からソ連軍がせまり、いよいよ市街戦が予想される段階になって、主要な外交官をのぞき、二方向・二グループにわかれてベルリンから脱出することになった。一団は南ドイツをめざし、バイエルン付近で米軍に捕えられる予定であった。もう一団は東へ。つまりまだ中立国であるソ連軍に保護してもらい、シベリア経由で満州から日本へ帰るもくろみである。

　ところで、信じられないかもしれないが、東へのがれた組に留学生の一グループがあり、かれらの必死の脱出行はタクシーを利用した、という話がある。銃砲弾が雨注し、激戦の中心地となったベルリンに、客待ちのタクシーがあったこと自体が、いくら世界的大都市とはいえ不思議な以上に、コトはもっと奇想天外。このタクシーの運転手くんは、いくらでも金を払うといったのに、ベルリン市外へ出るのをいやがった。一度出たら帰れないのは目に見えているから、これは当然。ところがコーヒー豆の袋をさしだすと、ヤーとばかり走りだしたというのである。

　やれやれと安堵したのもしばらくのことで、だいぶ市外にでたところでストップ、

「これから先はご免」

　とテコでも動かない。そこでまたコーヒー袋にチョコレートを添えて差しだすと、ヤー

となる。それからも何度か、「これから先は」——コーヒー袋——ヤー、となって、ドンパチやっている戦場を避けながらタクシーは走りつづけてくれた。

「最後には全部やりましてね、おかげでこうして生きているわけですよ」

ドイツ人はコーヒーとチョコレートが好き、という事実の証明としての、貴重な体験談。ドイツ文学の大家Tさんから聞いた。聞くたびにホントかいなと思ったが、ベルリンでコーヒーをがぶ飲みしているドイツ人男女を数多く見かけると、奇妙にこの話、納得できる気がしてくる。芸ばかりでなく、ドイツでは、コーヒーも身を助けるものらしい。

娼婦と日本人

一九二九年から三三年のナチス政権成立まで、ベルリンに住み、英語教師をして暮しをたてていたクリストファ・イシャウッドが、そのころのことを書いたのが『ベルリンよ、さらば』。これがライザ・ミネリ主演で大当りをとった映画「キャバレー」の原作である。この小説から、ヒトラー時代を迎えようとするベルリンの姿を、垣間みることができる。

そのなかにでてくる日本人――。
「それから間もないある晩、僕は、日本人を連れこんだ彼女（娼婦コスト嬢）に、階段のところでぶつかった。……それにしても、一緒に寝る以外は、どうして時間を消すのだと、彼女の女友達が訊いてみたそうだ。つまり、その日本人は、ほとんどドイツ語ができないのだ。ところが、コスト嬢の答は、『だって、いっしょに蓄音機を聴いて、ビールをのんで、チョコレートを食べて、それから、あとは、ゲラゲラ笑ってれば、いいじゃないの。とても笑い上戸なのよ、あの人は……』なのだそうだ」

誓っていうが、この日本人は小生ではない。なぜなら小生は一九三〇年生まれ。おん年まだ三つ。でも、わが肖像画をみるようだね、このスケベエ日本人は。

歴史のいたずら

ベルリンの壁が破れたとき、いちばんびっくりしたのは日本の某カメラマンだという話がある。彼氏はその夜、ブランデンブルク門の西側で壁を前に、観光客数人をひきつれて得々として壁の故事来歴を説明していたという。その目の前に、人間の顔があらわれて、ニコッと笑って、上半身が、脚が……アレと思う間もなくその男が、壁の上に立って大声で何かを叫びながら、ぴょんと跳び降りてきたというのであるから、これで仰天しないやつがいたらどうかしている。その男ばかりじゃない。二人、三人、四人、五人……十人、いや数十数百があとにつづいた。大集団が障害物競走さながらに、壁を越してぼろぼろこぼれ落ちてきた。カメラマン氏はカメラを向けるのも忘れてひっくり返った、というが、いくら何でもこの〝歴史的瞬間〟を見逃がすはずはなかったろう。

一九八九年十一月九日の夜、九時すぎのことである。

その信じうべからざる出来事を起こした裏話を、ほぼ一年後のベルリンで聞いた。場所が場所だけに、きわめて迫真性があったし、歴史はかく作られるという教訓つきの、すこぶる面白い話であった。

チェコやハンガリー経由で多くの東ドイツ市民が西ドイツへと、日を追ってうなぎ登りに流出するのに頭をかかえた東独政府は、防止措置をとることにきめた。つまり「①西側への旅行希望者は地域の警察に申しこむこと、②警察はその人の過去の反体制活動の有無を問わず、出国ビザを与える」。なんのことはない、お手上げの政策なんである。要は、旅行の自由（したがって帰国も可能）を認めることを骨子とした新規則。これを党中央委員会で決定したのは十一月七日である。

その二日後の夕刻、情報担当書記になったばかりのシャボウスキー政治局員の記者会見を、テレビが生で中継した。経済改革や政治構造改革などの質疑応答がつづいたあとで、ひとりの記者の口から「旅行規則が変ったと伝えられていますが……」という質問がぴょこんと飛びだした。シャボウスキーはふところからとりだして、出来たてのホヤホヤの新規則を読みあげて、

「東の市民はこの瞬間から西側への自由な旅行が許される」

とぼそぼそと発表した。テレビを眺めていたベルリン市民はびっくりした。これが午後六時五十七分のことという。しかし、公式発表に疑いをもつ習慣にひたりきっていた市民たちは、またやってるよ、とはじめの二時間近く容易に信じようとはせず、動こうともしなかった。あまりに突然な、しかも衝撃的な朗報、狐につままれた気分でもあったのであろう。そのあとで、「もしかしたら」とのろのろと動きだした。

東独の最高指導者、国家評議会議長クレンツに、秘密警察の元締めミールケ国家保安相からの緊急電話が入ったのが午後八時半すぎ。

「大変です。群衆がベルリンの壁にある六カ所の検問所やブランデンブルク門に、ぞくぞくと集まりつつあります」

　さらに三十分後――。

「検問所はもはや抑えきれないほどの大群衆に押し寄せられています。国家秘密警察官にどのような指示を出すべきでしょうか」

　クレンツは受話器をもったまま、しばらく考えていたが、やがてハッキリといった。

「市民どもの好きなようにさせろ。国家警察官には決して手出しをしないように伝えてくれ給え。そしてヤツらを勝手に通らせてしまえ」

　銃によって阻止されないと知った人びとは、奔流となって検問所を突破し、西へなだれこんだ。ブランデンブルク門の壁によじ登った。検問することなんか不可能なのだから、すべての検問所は出入り口となった。第二次大戦の連合国の戦勝記念碑ともいうべき「壁」は、この瞬間に崩壊したのである。

　それから一年たってクレンツは真相を語った。ちょうどそのとき、わたくしはベルリンにいた。

「あのまま壁を武力で守っていたら、警察官と市民が衝突し、それが連鎖反応をひき起し、各所で流血の大惨事を招いたであろう。それにしても残念なのは、新規則には十日午前五時に報道解禁という但し書きがあったのだ。それをあいつがあらかじめ読んでいなかったとは！　夜と昼とじゃ大違いだった。発表資料に事前に目を通すのは、スポークスマンのイロハなのだが……といって、いまさら悔やんでもはじまらない」

　しかし、〝あいつ〟呼ばわりされたシャボウスキーは反論した。

「クレンツはあの夜、もうあきらめて、壁を開けるつもりだったんだ。〝すぐに世界のプレスに知らせろ〟とクレンツが渡してくれた政府文書を、私はただ読んだまでだ」

　これでみると、当時の東独のトップは、発表すれば各地の警察署にある程度市民が集まるとは思っていた。が、ベルリンの壁に津波となって殺到するとは予想すらしていなかった。十日午前から申請書にビザを発給し、東独市民の整然とした西側行きを想定、とりあえず、その程度の「うっかり決定。そして発表」であったようである。それが証拠に、東西ベルリン間の通行規則の変更は、建前上は、いぜんベルリンの占領者である米英仏ソ四カ国の同意が必要であるのに、この措置は親分のソ連にさえ告げていなかったのである。だから、世界中がひっくり返った。

　それにしても、歴史とは事前にだれも想像できないような、思いきったことをしでかすものではないか。これを偶然という曲者のせいにしてすましてしまうわけにはいかない。たしかに、だれかが知らず知らずに歴史を作るのである。この場合もそうであるが、話を聞きながら、やはり偶然の大事件ともいえる歴史上の二つのエピソードを、ふと想いだしたことであった。

ひとつはワーテルローの戦いにおけるラコストという男である。戦場に近い名もない村の農夫で、道案内としてナポレオン軍に徴発されていた。一八一五年六月十八日の夕刻に近いころ、戦いに倦み疲れたイギリス軍に、ようやく退却の兆候があらわれはじめた。これを認めたナポレオンは馬上から身を屈めると、かたわらのラコストになにか小声で尋ねた。ラコストは軽く首を横に振った。

これをみて不世出の英雄は、近衛兵としてとっておきの騎兵隊三千五百に、突撃を命じた。満を持していた精鋭はモン・サン・ジャン高地へ駈け上っていった。だれもが考えてもみないような悲惨は、その直後に起ったのである。高地の頂上のすぐ背後は、直下二十メートル余の断崖となってえぐり落ちていた。あとからあとから人馬もろともに、もんどりうってそこへ墜落し、頼みの騎兵隊は全滅してしまったのである。

このときのナポレオンの質問内容は、小声であるゆえ側近にも聞こえなかったという。

おそらく前面の地勢について訊ねたものにちがいない。ラコストは首を振ってノウを示した。それは全軍突撃の不可を示したのか、それとも障害の皆無を示したのか。ナポレオンは後者と解して、おのれの運命を賭しての、中央突破の突撃を命じたのであった。

　もうひとつは、第一次世界大戦の起爆剤となったサラエボの一発である。ワーテルローのほぼ百年後、一九一四年六月二十八日、オーストリア皇太子夫妻は大歓迎を終えて帰途についたとき、不意に病院慰問の強い希望をいいだした。そこで車の列は予定のコースを変更し、新しい道へ走りだすことになった。

　このとき、伝達の手違いで、先導車が誤って旧コースへ曲がってしまい、注意されて停車、あわてて後退をはじめた。皇太子夫妻の車もそれにならって、のろのろと後退、そして停まった。まさにその道路のかたわらに、暗殺者のひとりが機会を狙って立っていたのである。まさか獲物が撃ってくれといわんばかりに目前に止まってくれようとは。ブラウニング短銃が二発つづけて火を噴き、ついに歴史を転回させることとなった。

　いうまでもなく、ナポレオンの没落も第一次大戦も、ラコストや運転手がいなくても、ということは、かりにこうした歴史のいたずらがなくても、早晩到来していたものであったかもしれない。条件はすでに歴々としてととのっていたからである。ベルリンの壁も同じことであった。いや、それ以上に条件が完備されていた。

十月二日にはライプチヒで二万五千人がデモ行進。十月九日には七万人、このときソ連軍の将軍は、鎮圧のために東ドイツ軍が兵力を投入することを、断固中止させた。そのようなときには常に武力鎮圧した過去の例からみると、コペルニクス的転回といえる。十月二十三日にはふたたびライプチヒで三十万、そして十一月四日には東ベルリンで百万人以上が民主化を求めるデモに参加した。

この間の十月十八日に、ホーネッカー政権は失脚、エゴン・クレンツと代った。が、すでにしてデモのプラカードに、名前をもじって「エゴ（ン）イズムはもう御免だ」とからかわれる始末、その命運のつきるのは目に見えていたのである。

こうしてみると、ベルリンの壁崩壊はワーテルローの突撃やサラエボの銃弾とは、まったく性質が違うようである。偶然のいたずらがそこにちょっぴり加わったにせよ、そこには「歴史はいかにして作られるのか」を考えさせる大きな波動があった。主役は東ドイツ市民であった。よくいわれるように、ドイツ統一はフランス革命二百年後に起った「無血十一月革命」にちがいなかった。そして、フランス革命がつぎの世紀に影響を与えたと同じ意味で、この無血革命は二十一世紀の世界に非常なる影響を与えることであろう。

影響とは？　一言でいえば、歴史はこのあとどんなドイツを用意しているか、である。ドイツから帰ってやたらに理屈っぽくなったようであるが、それ以上の予見をすることは、やはり苦手というほかはない。話は尻切れとんぼで終りである。

浦風なりけり

最後になって大切な報告を忘れていたことに気づいた。日本からはるばる持参した松賀流の舞扇を手に、松賀流の名取として、朗々と謡曲「八島」を詠じながら、ブランデンブルク門の前でひとさし華麗なる舞いを舞ったことの報告を。栄枯盛衰すべて夢の如く……の想いをこめて、わたくしは見事なくらい間違えずに舞った。

〽……敵《かたき》と見えしは群れいる鷗　鬨《とき》の声と聴こえしは　浦風なりけり　高松の　浦風なりけり　高松の　朝嵐とぞなりにけり

かく舞いおさめ、万雷の拍手をまわりの外国人観光客からあびた。畜生！　羽織袴の正装でドイツへ来るべきであった、と、このときほど口惜しく思ったことは、かつてない。

第四章　櫓太鼓や隅田川

第四章は、一九八七年に刊行した豆本年賀状『櫓太鼓《やぐらだいこ》や隅田川』が初出。毎年刊行していた豆本年賀状の製作について著者は、「なじみの漢詩をもじって申そうならば「力は山を抜き、気は世を蓋《おお》う。時に老骨と化し、ペン進まず。ペン進まざるを、いかんとすべき。愚や愚や、今後をいかんせん」というところであります」と心境を記している。所収の木版画はすべて著者の手によるもの。

○出し投げ

地面にローセキでぐるりと大きな円を描く。それだけで腕白どもには十分だった。ほかになんのスポーツもないご時世だから、何時間でも泥まみれになって取っ組んだ。シコ名はそれぞれ現役のオスモウさんから拝借し、ノッポで力が強いのが〝起重機〟肥州山《ひしゆうざん》、〝弾丸力士〟巴潟《ともえがた》はチビではしこいやつ、やたらに突っこんでくるのが〝怒り金時〟名寄《なよろ》岩《いわ》、突っ張りが得意は〝張り手〟の前田《まえだ》山《やま》、エトセトラ。双葉《ふたば》山《やま》は恐れ多くてだれも名乗らなかった。名乗って負けでもしたら村八分になる怖れがある。

わたくしは〝怪力〟玉ノ《たまの》海《うみ》。いまはもう解説者もやめて隠退したあの玉ノ海梅吉《うめきち》さんである。

それはもう玉ノ海あるのみだった。玉ノ海なくしては日が暮れなかった。若いころに左肩を痛めたばかりに、いらい右腕一本で相撲をとる。つねに右下手だけで相手を投げる、振り廻す、ひねる。大敵を向こうに回しても策に走ることなく真っ向から、ぶつかっていった男のなかの男、と子供心にほれこんだ。

相撲放送がはじまると食事も忘れた。あまりの狂熱ぶりに不憫に思ったのか、父が工面して本場所のマス席を手に入れてくれた。ウィーク・ディだったが構うものかと、学校を休んで朝から両国へ出かける。昭和十八年、小学校六年生の一月。あとにも先きにも、相撲をマスでみたのがこの一回。玉ノ海が鹿島洋《かしまなだ》を右からの出し投げでスカッと破った記憶がまざまざとある。思わず「大統領、玉ノ海ィ」と叫んだが、「大統領はアメリカだぞ、非国民め」と叱られた。それが小学校六年間の皆勤を、たった一日の休みで棒にふった代償としての、大いなる勝利の凱歌であった。

　翌日、先生にもこんどはズル休みをこっぴどく叱られたが、めげずに、校庭にローセキで円を画いて、ガキ大将は子分を集め、さっそく前日の出し投げ一閃の猛練習である。

　そんなだから長じても、玉ノ海が属した二所ノ関《にしよのせき》部屋だけのファンとなる。が、困ったことにこの部屋は戦後は大きく分解、というかバラバラに華開く。昭和二十一年三月、二所ノ関親方つまり玉ノ海梅吉さんが、戦犯容疑として、ＧＨＱからよび出しを受けた。戦争中、二所一門が兵庫県で勤労奉仕をしたとき、米軍の捕虜を使ったが、捕虜虐待ではないかと疑われたという。一カ月後に嫌疑もはれて釈放されたが、一途な玉ノ海さんには大ショック。

「わしは今日かぎり相撲界から身を引く。とにかく相撲界に迷惑をかけたくない。二所一門をまとめていく自信も失せた。これからはそれぞれの関取が弟子を養成するようにしてはどうか」

　まことに男のなかの男で、スカッとあきらめが早すぎる。かくて二所一門は各親方が独立して相競いあうことになる。二所本家のほかに、片男波《かたおなみ》（二代目玉ノ海〔玉乃海〕）、佐《さ》渡《ど》ケ《が》嶽《たけ》（琴錦《ことにしき》）、花籠《はなかご》（大ノ海《おおのうみ》）の各部屋ができ、星雲はさらに飛び散って、二子山《ふたごやま》部屋、大鵬《たいほう》部屋……へ。

　反して出羽海《でわのうみ》部屋などは、わずかに春日野《かすがの》部屋（栃錦《とちにしき》）が親戚筋で出たほかは、全親方一致、そのまま部屋に残り圧倒的な大部屋を維持する。いま風にいえば、組織対個人、システム対パーソナリティ、というところか。

　そんな批評家的言辞を弄していられないのが、われら二所一門のファンである。力道山《りきどうざん》、神風《かみかぜ》、大鵬、大麒麟《だいきりん》、麒麟児《きりんじ》、金剛《こんごう》（二所ノ関部屋）、先代若ノ花《わかのはな》、若秩父《わかちちぶ》、魁傑《かいけつ》、竜虎《りゅうこ》、輪島《わじま》（花籠）、貴ノ花《たかのはな》、若乃花、隆《たか》の里《さと》、若獅子《わかじし》、若島津《わかしまづ》（二子山）、琴ケ浜《ことがはま》、琴桜《ことざくら》、長谷《はせ》川《がわ》、琴風《ことかぜ》（佐渡ケ嶽）、玉の海、玉ノ富士《たまのふじ》（片男波）、ひと癖ふた癖の面白味のある連中が輩出するのはいいのだが、これらが部屋別総当りでぶつかり合う。どちらにも勝たせたく、応援のしようがなくなるのである。

思えば玉ノ海梅吉さん一本にしぼっていた時代がなつかしい。なんら迷うことなく、打倒出羽一門、打倒双葉山を叫んでいればよかった。玉ノ海さんも罪なことをしたものよ。いまは、〝玉〟のつく御縁でずっと片男波部屋に肩を入れてきているが、関取が玉龍《たまりゅう》ひとりじゃなんとなく佗びしさがさきにたつ。だいたい玉龍だって幕内前半に登場するから、後半はまったく用がなくなる。

　負け多き玉龍にしたたり落つる汗なぜか悲愁をうったうるごと

つい先日に詠んだわが一首である。もって心境を察せられたい。

○内掛け

　冷たい、身うちを凍らせる糸のような雨が降っていた昭和四十六年十月十一日午前十一時三十分、東京港区の虎の門病院に盲腸手術のため入院していた横綱玉の海は、右肺動脈幹血栓症のため、二十七歳の若さで世を去った。

　横綱現役中の死は、昭和以前に二人、昭和に入ってからは玉錦《たまにしき》があり、かれが悲しい四人目となった。前の三人にくらべ、なお多くの春秋にとみ、完成された大横綱への道を一歩踏みだした、とみられたときの、だれにも思いがけぬ死であった。その日の深夜、白い布で蔽われ、タンカにのせられた遺体が片男波部屋に入るとき、かけつけた人々の間から号泣がおこった。白い布の下から、横綱の、若々しく黒々とした髪がのぞいていた。

　玉ノ海梅吉さん引退後、わたくしの二所一門への想い入れは、戦後の二代目玉ノ海へとつづいたが、関脇まで昇進したこの関取の相撲ぶりは、〝土俵の荒法師〟の異名どおり力強いが、粗雑で、もう一つピンとこなかった。勢い花籠部屋の〝土俵の鬼〟若ノ花へと熱は移っていた。その若ノ花も三十七年に引退、いっとき気がぬけて腰くだけになったが、すぐに幕下で小気味のいい相撲をとっている玉乃島〔横綱昇進後に玉の海に改名〕に気がついた。人は信じなかったが、玉乃島は横綱になるとわたくしは不動の確信をもった。いらい、この人一筋につながる。

　右の四つ相撲、やわらかい足腰を生かして大業で相手を叩きつけていたが、小兵のため一気に押されると弱く、せっかく入幕してからも足踏みがつづく。しかも四十年一月から、従来の〝系統別総当り〟が〝部屋別総当たり〟と変わり、小部屋の玉乃島は役力士全員と対戦せねばならぬことになる。皮肉にもその一月場所の初日が横綱大鵬への挑戦。横綱は同じカマの飯を食い、その胸を借りた先輩に当る。その大鵬を内掛けに切って落としたあざやかさ。「瞼《まぶた》の母」じゃないが、上の瞼を下の瞼と合わせりゃ、まざまざと浮かんでくる。

　小部屋の悲哀はつねにかれにつきまとった。協会の看板大関となっても、執拗にかれを苛《さいな》んだ。四十三年一月、十二勝三敗（準優勝）。三月、十二勝三敗（準優勝）。五月、十三勝二敗（優勝）でも横綱になれなかった。そして同じ年の九月、十勝五敗。十一月、十二勝三敗（準優勝）。翌年一月、十二勝三敗（準優勝）のときもダメ。

　親方（二代目玉ノ海）が風変りの性格、考え方も革新的で、協会の異端児視されているのが祟《たた》っている。いや、一門の親方衆にも嫌われているから、という噂もあった。だが玉乃島、愛称シマちゃんはめげない。明朗で快活。謙虚で研究熱心。そして旺盛な責任感（この責任感がその死を早めたのだが）。稽古稽古でだんだんに右四つ、相手に上手を与えない無敵の型をつくり、磨いていく。なにより果敢な闘志がこの人を支えた。

　昭和四十六年一月場所、前年に横綱に昇進し、ようやく円熟期に入ろうとするその入口の場所。初の全勝優勝をねらって大鵬と対戦。残念ながら敗れ、同星となって再び優勝決定戦でも大鵬に押し切られて逆転優勝されたとき、新聞記者の「ガックリ？」の声に玉の

ああ、北玉時代
玉の海
北の富士

海はいった。

「なんの、なんのこれしきのこと……」

これを聞き、「それこそシマちゃん」と思わず涙をこぼした。

昭和四十六年という年は玉の海時代を予告する。一月から九月までの五場所間に、優勝二回、同点決勝一回、準優勝二回。ライバル北《きた》の富士《ふじ》も頑張って優勝二回。いわゆる玉北時代のスタート。これに安心して大鵬も五月場所を最後に引退した。

そして、悲劇はその直後に起ったのである。

北の富士は巡業先で号泣したというし、大鵬親方はあわてて東京に帰ってきた。葬儀の日、その兄弟子にして一代の名横綱大鵬が、弟の棺をかつぐように、涙を流しながら率先して肩にしたのがすごく嬉しかった。

奥座敷では玉ノ海梅吉さんが目をぎゅっとつぶり、厚い唇をゆがめてじっと動かずにいる。かれの前で、白い民族服を着た若い女性が、声をあげてむせび泣いていた。玉ノ海さんはなだめるようにときどきふるえる肩に手をやった。その人は、亡き横綱の葬《ともらい》の、人前には出せぬ恋人であった。

それは協会の都合もあって、徹底的に蔽い隠されたことのようだが、玉の海はそれとも戦っていたのである。無慈悲になんどもはじき飛ばされながら、必死になって昇りつめた横綱への道は、小部屋の悲哀以上に、差別にたいする精一杯のかれの闘いであった、と思われる。

シマちゃんは韓国人の血を半分もっていた、という。

○張り手

作家久保田万太郎には、いい相撲の俳句がある。

　寒凪の初場所日和つゞきけり

　初場所やひかへ力士のくみし腕

二所一門に若獅子という小兵のくせに威勢のいい関取がいた。そのアダ名が座頭市、なにしろ目が糸を引いたように細かった。ある場所で、剽軽《ひょうきん》ものの高見山《たかみやま》が対戦したとき、もみあげをこすりながら、しきりに行司に何かブツブツ文句をいっている。しきりに言う。もちろん行司はとり合わぬ。客席は何事かと息をひそめた。高見山の声が、ジェスチャーも交えて、だんだん大きくなって、やがて客席にもはっきり聴こえた。

「ヤツは仕切っているとき眠っているぞ。目をさまさせろ」

これで場内爆笑。若獅子はニコリともせず、ますますギュッと両眼をつぶってみせた。

大関によるとしなみや五月場所

野球の衣笠選手以上に、全身火の玉となってぶつかり合う土俵での、初土俵いらい九百三十七回皆勤という魁傑の記録は、何ともいえぬほど重い。大関という責任ある立場。ちょっと成績が悪ければ休んでも当然の地位にありながら、ピンチに直面しても、魁傑は一日たりと休まなかった。たとえば、大関になって三場所目の昭和五十年名古屋場所、肝炎におかされながらも耐えぬくが、四勝七敗に追いこまれた。

このとき記者団を前にしていった魁傑の言葉が何ともいえぬ味があった。

「出れば勝つ可能性があるのに休場するのは、試合放棄と同じです。最後まで取って勝ち越しに挑戦します」

そして見事に四連勝して勝ち越した。あっぱれな相撲ぶりだった。

夏場所や遽《にわ》かにいたる夏げしき
夏場所やひかへぶとんの水あさぎ

その魁傑は昭和五十四年に引退したが、記者会見での言葉も忘れがたい。

「楽しくもあり苦しくもあり、長くもあり短かくもあった十三年間でした。自分としては精一杯やったので、心残りはありません。笑顔の引退です」

精励恪勤《せいれいかっきん》、土俵一途のこの人にしてはじめていえるさわやかさ。魁傑がひかえのとき使っていた座布団の色は、たしか水あさぎではなかったか。

小角力《こずもう》やひかへぶとんを抱いて秋

秋場所や退かぬ暑さの人いきれ

〝土俵の鬼〟若ノ花と〝内掛け名人〟の琴ケ浜の、若き日の友情物語もなかなかにいい。昭和二十二年六月場所、序ノ口の若ノ花の成績は二勝三敗、あれだけ稽古したのにとすっかりしょげ返った。千秋楽の夜、身のおきどころもない。同情したのが琴ケ浜こと序二段の宇草、こっちは四勝一敗の好成績なのに、よし外で一杯つき合おうと、一緒に二所ノ関部屋をこっそり抜けだした。

そこへオートバイに乗って外から戻ってきたのが、先輩の力道山。闇にまぎれて忍び出ようとする二人の取的の姿がライトに映る。稽古がつらくて夜逃げだなと思った。

「この野郎ッ、逃がしてなるものか」

後年に全日本をわかした空手チョップ、いや張り手が、いきなり二人の頬を見舞った。この力道山の勘違いが、のちに語りつがるべき物語となる。若き日の若ノ花と琴ケ浜が、逃げようとして力道山に殴られた、と。役者がそろっているから伝説の資格十分である。

　この話がもちだされるたびに若ノ花は苦笑していうらしい。

「幼い弟妹十人を養わねばならぬオレが、ちょっとやそっと苦しいからと、逃げだすわけがない」と。

　さもありなん。

　そういえば、琴ケ浜の内掛けはまさに紫電一閃、あざやかなものだった。右足がタコのように吸いつき、かつ内側に曲がっているといわれた。決まったときの感じは？と問われたときの、かれの返事。

「パチンコのオール20がいっぺんに三つくらいジャラジャラジャラジャラと出たみたいだな」

　さもありなん、さもありなん、である。

　とりくちのはれ〴〵と秋高きかな

×引き分け

戦前の相撲はずっと一月（春場所）と五月（夏場所）の二回だけが本場所だった。そして昭和十五年春場所から、むかしあった東西対抗戦の制度が復活した。東が双葉山、羽《は》黒《ぐろ》山《やま》、名寄岩の三羽烏が上位にならぶ立浪《たつなみ》部屋と、わが二所ノ関部屋の連合軍。西が出羽海部屋を主力に、高砂系が加わる。だから、同じ陣営で、玉ノ海の打倒双葉山の夢が消えたのがちょっぴり淋しかった。

しかし相撲は〝無敵双葉山〟で、がぜん活況を呈する。それに戦争へのめりこむ時代の影響もあった。大政翼賛、臣道実践の横幕がはりめぐらされ、マス席にはドイツやイタリアの外交官やヒトラーユーゲントの姿が眺められたという。そんな青い眼の連中の胆をぬくような双葉山の強さ。昭和十六年一月、十四勝一敗。同五月、十三勝二敗……そして十二月八日、帝国陸海軍ハ今未明西太平洋ニオイテ米英軍ト戦闘状態ニ入レリ。

昭和十七年春場所初日、内閣総理大臣東条英機大将ご観戦。八紘一宇であり撃ちてしやまむの御時世となった。双葉山はこの場所を十四勝一敗で優勝、そして太平洋での帝国陸海軍の連戦連勝を寿《ことほ》ぐかのように、双葉山に敵なしである。夏場所、十三勝二敗で優勝。翌十八年は春場所・夏場所ともに十五戦全勝で優勝。無敵皇軍は実はすでに名のみになっていたが、無敵双葉は軍国日本の守護神のごとく無限に勝ち進んでいく。

人は双葉山を語るとき、きまって六十九連勝をいうが、相撲通はこの時代のかれのほうがはるかに強い、というより「後《ご》の先《せん》」をとる立合いは神域にせまり、取り口に禅味がただよっていた、と絶讃する。双葉の前に双葉なく、双葉のあとに双葉なし、とは神韻縹《しんいんひょう》渺《びょう》とした大横綱の、この時代をいうのだそうだ。

それにしても狂気の支配する昭和だったと思う。国民的熱狂という怪物が、当り前の常識や正しい認識を食い滅ぼしていた。国技を標榜する大相撲は率先して歩みを合わせる。昭和十八年五月場所の十日目、青葉《あおば》山《やま》対龍王山《りゅうおうざん》の一番は両者動かず水入り、二番後取直しも同じ体勢となって引き分けとなった。いつもならそれですんだこと。

だが、この日の午後三時、連合艦隊司令長官山本五十六大将の戦死がニュースで発表され、ただちに取組中止。役員や力士が整列、総員起立で黙禱《もくとう》、館内は粛然となった、という場面があった。当然のことのように、打ち出し後、青葉と龍王の一番が問題となったのである。真摯敢闘、斃《たお》れてのち已《や》むの精神が欠如したるはなんたることかと。

協会は二人の力士に出場停止処分という厳罰を下す。さすがに双葉山を会長とする力士会が抗議した。動かないようにみえても満身の力をこめている。飛んだり跳ねたりするだけが敢闘精神にあらず。そこで協会は、両力士に、こん後は撃ちてし已まむで闘う、の誓書を出させて、十三日目からの出場を許可。しかももう一度、二人の対戦を組むという破天荒をあえてした。

記録として残された星取り表をいま眺めると、ある種の感慨をもたないわけにはいかぬ。青葉山のを抽記すると、

十日目　×（龍王山）
十一日目　■（若瀬川）
十二日目　や
十三日目　○（龍王山）

と珍なるもの。記憶のヒダからはすっかりぬけ落ちているが、相撲少年だったわたくしも「そうだ、闘魂不足だ、許さん」などと当時は力んでいたのじゃないか。そう思うと偉らそうには書けなくなる。

○寄り切り

戦争中はいつまで相撲があったのか、ずっと気になっていたことをこの機会に調べてみたら、昭和二十年六月七日からの一週間、場所も空襲で焼け落ちたあとの両国国技館を片づけて、とわかって驚いた。あの気息えんえんの時節に、よくもまあ初日の幕をあけたものよ。

もっとも、いつ空襲があるかわからない、というので非公開だったという。観客は傷痍軍人がパラパラ。なんでそんなにまでして開催したのか。相撲協会としては伝統をあくまで守りたい、守るためには番附を残さねばならぬ、という悲壮な決意。これを応援する軍部は本土決戦を前に大いに意気をあげよう、というより、まだ降参してはいないぞと海外向けのＰＲのため。まことに一億特攻そのものの敢闘精神の旺盛さ。しかし考えてみれば、愚かで軽薄で阿呆らしく、所詮は、やがて悲しき祭りかな、である。

海外向け用の大相撲だから、国内には一切放送されず、短波で実況放送したらしいが、当時、日本国民は短波を聴くことは禁止されていた。いったい誰がハッケヨイ残ったに耳をすましていたことやら。第一に国家そのものが残りそうにない。とるほうも力が入らなかったのだろう、双葉山、羽黒山、照国《てるくに》、安芸ノ海《あきのうみ》と四人も横綱がいながら、優勝は前頭筆頭の備州山《びしゆうやま》。しかも七戦全勝、ぜんぶ寄り切り。いつの世にも馬鹿正直がいるというのは、人の世の救いになる。

天皇の臨幸なんかもちろんなかった。一天万乗の君はそれどころではなかった。この場所の千秋楽の翌々日の六月十五日、天皇はひどい下痢で病床に伏すのである。戦争がはじまっていらい天皇が倒れて政務を休んだのは、実にこの日だけ。大相撲の千秋楽ではなく、大日本帝国の千秋楽を、天皇はベッドで考えていたのである。そして戦争のこれ以上の続行を断念する決意を固めることは、拙著『聖断』で書いたから、くわしくはあちらで。

●股くぐり

サーカスにジンタがあるように、相撲興行にはジンクがある。本相撲の年六場所ではじめったに聞くことはないが、ドサ廻りの興行では、チャンコ鍋と初《しょ》っ切《き》り、それに相撲甚句はつきものになっている。華やかな土俵がすべてすんだあとで、この歌がとっぷりと暮れた野づらに流れるのである。流行歌の演歌と同じように、農耕民族としての日本人の血のなかに流れている、ある種の哀愁がある。歌はさまざまなその時代の世相や情景や、祝儀を歌ったあとで、

〽当地興行も本日限りよ／勧進元や世話人衆／ご見物なる皆様よ／いろいろお世話になりました／お名残り惜しうは候えど／きょうはお別れせにゃならぬ／我々発ったるそのあとは／お家繁盛町繁盛／悪い病いのはやらぬよう／蔭からお祈りいたします……。

ときまって歌ってきて、最後にかけ声の「アア、ドスコイ、ドスコイ」で終るのである。相撲が五穀豊穣や家内安全を願う呪術性をもっていたころの名残りがこめられている。

作詞するのはもっぱら呼び出しで、これがなかなかに詩才がある。呼び出し多賀之丞《たがのじょう》つくるところの、戦後第一号の甚句「新生日本」をあるお座敷で聞かされたとき、何となくもの悲しくなったものだった。

〽世界第二のあの戦いに／ついに昭和二十年／月日は八月十五日／おそれ多くも畏《かしこ》くも／大和島根の民草に／大御心《おおみこころ》をしのばされ／血涙しぼる玉音に／停戦命令は下りたり

／血もて築きし我が国も／無情の風に誘われて／今は昔の夢と消ゆ／されど忘るな同胞《はらから》よ／かの有名な韓信《かんしん》が／股をくぐりしためしあり／花の司の牡丹でも／冬はこも着て寒しのぐ／与えられたる民主主義／老いも若きも手をとりて／やがて訪《おとず》る春を待つ／パッと咲かせる桜花／……

戦後まもなく巣鴨プリズンへ慰問にいったとき、荒木《あらき》貞夫《さだお》元大将らA級戦犯にとっくり聞かせたのがこの甚句だという。節回しは小唄のように微妙で、あわれさがただよう。ハッケヨィ残った残った、日本国が残った、戦犯諸公の胸にはさぞや哀愁切々として響いたことであろう。

●キン出し

「白星は栄光につながり、黒星は悲惨につながる。だけどこの世界は白星と黒星しかない」

こちとらサラリーマンには、若ノ花の弟弟子若ノ《わかの》国《くに》の名言が身に沁《し》みる。しかもその黒星は負けでない場合にももらう不運がつねにつきまとう。ハダカのぶつかり合い、土俵では何がおこるかわからない。勇み足、反則、怪我……。

この道はたゞ勝てばよき秋の風　　万太郎

たとえば、相撲の反則に土俵の上でフンドシを落としたもの、はずしたもの、というのがある。もっともまわし一本が生命の力士だから、こんな不細工なことは皆無といっていいが、ただ一度、京都の準場所で起ったと記録にある。昭和二十一年のこと。まだお相撲さんも食糧難で痩せていて、フンドシが強くしまらなかったのかもしれぬ。

「……不動岩《ふどういわ》の腰が入った。長身です。長身の不動、お、吊りました、吊りました。五ツ《いつつ》海《うみ》残さんと懸命に、全身真ッ赤、残った、残った、……おや、行司の軍配が不動岩にあがっています。どうしたのでしょうか……あれ、あれあれ、見えました、見えました。五ツ海の男性自身がポロリ……ポロリであります。キン出しで不動岩の勝ちであります……」

実況放送があればこんな具合であったと思う。

相撲取の屈托顔やひるの雨　　漱石

○ふんどし

相撲をフンドシ一本、ハダカでとるのは、記録にしっかりとあるかぎりでは、聖武《しようむ》天皇の神亀《じんき》三年（七二六）の、初の相撲節会《すまいのせちえ》いらいのことであるらしい。朝廷の行事として、年々さかんになっていったようで、『栄花《えいが》物語』にも、

「相撲なども、清涼殿《せいりようでん》にて中宮《ちゆうぐう》はご覧ず。……裸なる姿どもの竝《な》みたちたるぞ、うとましける」

とあるから、ひかえ力士たちもすでにハダカであったことがわかる。

そこでフンドシだが、古語および国語辞典類をみると、だいたい共通して「男子の陰部を蔽いかくす布」と説明されているだけ。ま、それで結構なんだろうが、じゃ、つぎの一文はどう解釈したらいいのか。

「采女《うねめ》を喚《よ》びあつめ、衣裙《きぬも》をぬがせ、犢鼻《たふさぎ》をつけしめ、露はすところ相撲とらしむ」

出処は『日本書紀』雄略天皇の十三年九月のところ。采女とは女官のこと。宮廷では、

この日、着物をぬがせて、〝たふさぎ〟（フンドシ）をつけしめ、女相撲の催しがあったらしい。しかも相撲をハダカでやったこともわかるが、女官たちが男用のフンドシをしめたのか。

いや、そうじゃなく、フンドシの言葉の意のなかには、『江戸語大辞典』にあるように、

「ふんどし［褌］　男の陰部を蔽う布。また、女の湯文字」

すなわち〝ゆもじ〟あるいは腰巻をも、昔はフンドシといったに相違ない。さもないと江戸の川柳の、

　ふんどしもいらぬと無理にもらわれる

これが解釈できぬ。器量も気だてもよしの娘が、支度も何もいらぬ、ただ身ひとつでいいからと望まれて嫁にいく。それが「ふんどしもいらぬ」ということ。これが男のフンドシじゃ何のことかさっぱりであろう。

○四股名

豆本年賀状の『隅田川の上で』（一九八四年）のなかで土左衛門《どざえもん》について触れたが、これが関取のシコ名からでているとは思いもかけなかった。享保九年（一七二四）というから吉宗や大岡越前守の時代。深川八幡境内にて相撲の興行があった。

「その番附の前頭の初めに奥州の人にて、成瀬川土左衛門といふあり。東京にて水死人のことを俗に土左衛門といふは、水のために膨脹したる形の、成瀬川の肥満に似たるをもつて名づけたりといふ。さもあるべし」

と、大正五年刊の中根香亭の『塵塚』にある。

成瀬川関にはとんだとばっちりだが、力士の名に国名や山や川の多いのはなぜだろうと考えたことがある。軍艦でいえば、国は長門・陸奥《むつ》・大和・武蔵というように戦艦、山は重巡洋艦で愛宕《あたご》・鳥海《ちょうかい》・足柄《あしがら》・羽黒、川は名取・那珂《なか》・五十鈴《いすず》・多摩《たま》と軽巡洋艦。力士もまず大きくて強そうな名というところで、山や川をつけたのだろうが、隠された意味に、『万葉集』の歌にある国ほめ、土地ほめ的な要素があると思っている。

生まれた土地をほめ、自然をほめ、国をほめる、つまり八《や》百万《およろず》の神々に疫病などからのがれ、五穀の豊穣であらんことを祈る。だから、国技館のアナウンスは「横綱玉の海、愛知県蒲郡《がまごおり》出身、片男波部屋」と出身地をよびあげ、その土地へのはるかな祝福を送っている。そういえば、軍艦もむかしは国の護りだった。

昨今の力士の名はそれにひきかえて……とすぐ小言幸兵衛になりやすいのが昭和一ケタの悪いクセ。なぜ山や川が少なくなり、わけのわからぬ四股名が多くなったのか。と、叱ったまではよかったが、妙なものを突きつけられてギャフンとなった。昭和五十一年二月発行の井筒部屋（現九重部屋）のPR新聞「井筒新聞」である。題して〝古今珍名番付〟。

	東	西
横綱	膃肭臍《おっとせい》 市 作（明治・三段目）	不了簡《ふりようけん》 綾 丸（明治・三段目）
大関	馬鹿の 勇 介（明治・序ノ口）	凸《でこ》 凹《ぼこ》 太 吉（明治・三段目）
関脇	忍《しのぶ》 山《やま》 色 助（享保・幕内）	文 明 開 化（明治・三段目）
小結	宝《ほう》 年《ねん》 万 作（明治・序ノ口）	新刑法《しんけいほう》 源 七（明治・三段目）
前頭	横《よこ》 巾《はば》 楯《たて》之助（元保《ママ》・幕下）	ヒーロー 市松（明治・見習）
前頭	電気《でんき》燈《とう》 光之助（明治・幕下）	一二三 四五六（明治・見習）
前頭	武蔵坊 弁 慶（明治・序二段）	自動車 早太郎（明治・序二段）

……（以下略）……
どうも変った名に名力士はいないようだ。やはり伝統を重んじ八百万の神に祈りを捧げ

たほうがよい。（もっとも日本の軍艦はみんな沈んでしまったけどね）

○肩すかし

人間のほかにも相撲の好きな連中がいる。山にいて相撲を好むものは天狗、芝にいて相撲を好むものを芝天狗という。されば水中にいて相撲を好むものは、水天狗ということになる。つまり、これが水難除《よ》けの神、水天宮《すいてんぐう》さまのこと。とりわけ相撲の盛んな、しかも水神信仰の厚い北九州地方に水天宮があるのは、そのためである。そしてカッパは水天宮さまの眷属《けんぞく》とか。

この民俗学的な講釈を教えてもらい、大いに合点するところがあった。幼いころからカッパの相撲好きをよく聞かされ、少年相撲の土俵にあがる前に、よく頭のてっぺんに水をぬってもらったりした。そうすると勝てるというのだが、霊験があったのかどうかは、すっかり忘れた。

ところで、このカッパというやつは、山や芝や水の天狗と違って、さまざまな文献によ

ると、その相撲好きに困ったところがあるようである。その一つに、

「およそ旧流大川辺にときどき出て、児童をばかして水に沈めしめ、あるいは人を誘い、角力して深淵に引入る。その体ははなはだ粘滑にして捕えがたし。女青藤《へくそかずら》をもって手にまとえば、角力勝ちやすく、捕えやすしという。角力して病にかかり悩まさるるものは、莽草《しきみ》を用いて治すこと大和本草に見えたり。性好みてキウリおよび吊し柿を食う……もし人が口に鉄ものをくわえおれば、水に引き入るること能わずという。……」

またの文献にいう。

「河太郎と相撲をとりたる人は、たとえ勝ても正気を失い大病をうくるという。しきみ草の抹香水にてのましむれば正気になるとなり。河太郎は豊後国に多し。そのほか九州のところどころにあり。関東に多し。関東にては河童《かわわらわ》というなり」

なぜ、こんな余計なことを書くかといえば……とすぐに種を明してしまっては趣向がなくなる。のちの講釈の伏線として、この項はこれで肩すかしとする。

○吊り上げ

実際に国技館へいって見物するとよくわかるのだが、土俵の上に吊りさげられた屋根――正式には屋形というが、いかにも重そうで、取っ組んでいる大乃《おおの》国《くに》や小錦《こにしき》の上に落っこちることはないのだろうか、と心配になる。天井からこの大きなものを吊っているワイヤーロープはたったの二本。よくみると天井で一本ずつ左右に滑車で横へ導かれ、ウィンチに巻きとられている簡単な構造。大相撲以外のスポーツやコンサートの会場として使われるときは、このウィンチで屋形を十八メートル上へ、巻きあげる仕掛けになっているそうな。

昔は、この伊勢神宮の社をかたどった屋形を四本柱で支えていたのだが、昭和二十七年の改革でとっぱずされて、上から吊るようになった。いまの屋形の重さは六トン。アルミの骨組みにケヤキの板で化粧した本体は実荷重五・四トンだが、屋根裏のTV用の強力な照明（直径十五センチの特殊電球が百三十個余）の重さが六百キロ。しかしロープは一本で三十トンの重さに耐えられる。二本で十倍の安全率を見込んでいるから、地震がこようが平気の平左。要らざる心配よと笑われた。

と、以上どうでもいいようなことを書いたが、実は屋形が伊勢神宮と同じ造りという点をとくに強調したかったのである。この項もまた、前項と同様に、のちの講釈の伏線と承知せられたい。

○中入り

先代玉ノ海さんにはじまって〝荒法師〟玉乃海、そして亡き横綱玉の海、以下、玉ノ富士、玉輝《たまき》山《やま》、玉嵐《たまあらし》、玉龍と、わが大相撲はパールのネックレスじゃないが玉とつらなって輝いている。

玉となりゃあ、と、このへんで脱線しないことには、わが豆本年賀状らしくない。つまり中入りだ。玉の輿《こし》にのる、艱難《かんなん》汝《なんじ》を玉にす、玉の如き赤んぼ、玉垣、玉串、ついでに濹東綺譚の玉の井、だいたいにおいて玉はいい意味に使われている。ときには「あいつはいい玉だよ」とマイナスの意味もあるが、これだって例外のない規則はないを証明するにすぎぬ。

そこで玉に関する小ばなしを。

昔、東海道のある旅籠に、狸の一行がお伊勢詣りの途中だといって一夜の宿を乞うた。主人はどうぞどうぞと迎えいれようと思ったが、大広間は五十畳敷なのに、狸の一行は二十四。主人はとても入れないと諦めて「せっかくですが……」と断った。すると一行のリーダー狸が、

「あら、ご心配いりませんわ。わたくしたち婦人会のものです」

とニコヤカにいった。

この江戸小ばなしの意味はお分りか。俗にいう、狸の金玉八畳敷と。二十四じゃぜんぶで百六十畳にひろがって大広間でも無理、と宿の主人は思ったのである。

ところでこの俗説は、実は狸の金箔《きんぱく》八畳敷が本当だそうな。金箔をつくるにはふつう牛皮にはさんで打ちのばすのだが、牛皮より鹿皮がよく、いちばん薄くのばせるのが狸皮。一匁の金は精一杯にのばすと八畳分ぐらいにひろがるとか。狸の金箔八畳敷の言葉のでたゆえんである。それがなぜか金玉に。金箔ぐらい高価ということかな。

もう一つ、こんどは実話。昭和二十五年六月、朝鮮戦争が勃発し、世界中がゆれた。国際連合では、戦線へ兵を送るかどうかで大議論。それぞれの代表が本国政府の意向を打診した。このときフランス政府が送ってきた回答が痛快であった。それもただの一語。

Criadilla

しかも、フランス語にあらずスペイン語。なんの暗号かとフランス国連代表は首をひねったが、辞書をひいたとたんに、疑問は氷解した。クリアディーリァは「睾丸」のこと。つまり、協力すれども介入せず。なかには絶対入らないのが金玉のもつ宿命なのである。さのさ節にこんなのがある。

〽金玉ァよォー／昨夜の所に行こうじゃないか／わたしゃ行くのはよいけれど／中に入れる身ではなし／裏門たたいて待つ辛さ／サノサ

●張り倒し

昭和三十五年の春場所、大鵬は前頭四枚目に進んだ。その前の場所に新入幕、十二勝三敗という好成績、字義どおりこの大器は破竹の勢いで上位に躍進し、横綱大関と顔を合わせる場所にのぞんだのである。わたしはそのころ「週刊文春」編集部に所属、若武者大鵬について長い記事を書いている。思いだしたのでひっぱりだすことにする。二十年以上も前の名文（?）を挿入する無礼を許したまえ。

☆

　春場所九日目、大鵬幸喜《こうき》はとうとう瀬戸際まで追いつめられていた。15日の星勘定でいえば、もう一歩も退かれない七敗目を記録したのだ。土俵中央で、大晃《おおひかり》に張り倒された大鵬は、宿舎へ戻る車にふかぶかと身を沈めながら、何度も、こう呟いていた。

「いかんな、だめだな」

　負けて手を知る相撲の理という。暗さをみじんもアラワにしなかった大鵬が、誰もいないところで、はじめてみせた悲嘆の姿であり、悲しみの言葉だった。

　それにしても大鵬はなぜこうまで〝弱い〟のか。

　専門家にその真因をただすまでもない。大阪市のあちらこちらで、ひそかにいわれているファンの声に耳をかたむけてみるといい。アマチュアは、時に無責任ではあるが、なかなかモノを正確にみぬくものだから。

　大阪駅前のあるテンプラ屋でのこと——。

「ワテはこう睨んどります。大鵬がさっぱりアカンのは、みんな朝汐《あさしお》との一番から出たもンや、立合いが早くて相手が待ったかと思うとったら、パッと押し出されてしもた」

テレビの前に陣どったそこのおかみが、誰にきかすともなくまくしたてている。

「翌朝の新聞では叩かれる、あれで若い大鵬は、すっかり立合いのペース崩されたんやわ。ワテはこう思うとります」

そして——これを証明するかのように、その日も大鵬は、待ったでじらされて立遅れ、一瞬にして土俵の外に放り出された。おかみの声援も空しく……。

近代相撲はスピードが勝負である。そして、そこに生命をふきこむものが、立合い。相手にあわせて、ゆっくり仕切り、だが、立つ時は相手を上廻るダッシュで思いきり突っこんでゆく、これが理想であり、真髄で、同時に、それが基本でもある。大鵬がその仕切りのタイミングを乱され、相手に利用され、十分の力を出すことができなくて破れた——というのが、敗因であるとするなら、つまり、大鵬は相撲の基本を知らなかったということになる。

たしかに朝汐との一番は、力を出しきれなかったようである。待ったではないのかと、行司の顔をうかがいながら、土俵下に突きとばされている。また、北《きた》の洋《なだ》との一番も、一度待ったされ、二度目に立上った時、大鵬は自分で早く両手をおろしておきながら、立上ったのは明らかに遅かった。

大鵬は負けない相撲をとった横綱である

二年半で三役へ――それで大鵬は、その異材を謳《うた》われたのだが、そのスピード出世ぶりがかえってアダとなっている。朝汐の一番で、自らその基本の不出来をさらけ出してしまったのだから、そのあとの各相手が、これを利用しないはずはない。心理戦である。

立合いの早さを、大鵬は被告の立場で叩かれた、しかもそのあとの相手にすべて「待った」をされた。これだけ条件がそろえば、大鵬ならずとも思わず萎縮しよう。――よっぽど自分が悪いのかな。勝負によけいな反省は、すでに〝大鵬敗けたり〟である。

そこで、作戦本部の二所ノ関親方が、この心理戦における敗退に対してどう対処したかは、二所ノ関夫人が語ってくれる。

「立合いを変えよ、という声もありますけど、あの子にはあの子の流儀がありますし、もちろん、相手に合わせる気持もある程度必要でしょうが……。親方も、相手の〝待った〟にジレて、くさったり固くなったりしてはいかん、自分流にゆき、いくらでも待ったをさせろ、といい聞かせていたらしいですよ」

親方の言うことは、実に素直に、絶対服従できくといわれている大鵬。だが、その大鵬は……気の許せる知人に、ひそかに洩らしている。

「親方からはああ言われるけど、それより、新聞にのる相手の力士談の方が気になって……」

大鵬が立合いノイローゼにかかっていることが、ハッキリわかる述懐である……ではあるが、やっぱり将来の大成をのぞむなら、という前提をおいて、天竜氏（ＫＲＴＶ解説者）はきつくいましめる。

「対朝汐の場合、自分で突っかけて〝待ったと思った〟は、全くおかしい。戦闘開始したのですからね。それでクサルのは、それ自体の了見が違っている。立合いというものは、相手と自分の呼吸を合わせることで、手前勝手ではいけないのだ。まず、その呼吸を学ぶことだ」

　橋本嘉起氏（朝日新聞運動部次長）も、面白い意見を述べている。

「新弟子時代は、早く仕切って早く立って、稽古をつけてもらう。この習慣が、十分に鍛えられ、調整されない間に、大鵬は偉くなりすぎたのではないですかね。仕切りばかりでなく、今場所はどうも鍛え足らずの感が露呈しましたな」

　この点に関して、仕切りに入った瞬間から、すでに戦闘開始と評される、あの栃錦の気迫こそ学んでほしい。その栃錦が、大鵬の立合いを評していっている。「あんな仕切りでは、ぜったい立たない。いや、立てないな」と――。

そして〝弱い〟理由は仕切りの問題だけでなく、こんなこともささやかれている。
「あのエエ男は、場所前、遊びすぎたンと違いまっか。体つきはすばらしいし、それに男前やからナ……もてて、もてて、しようもおまへんやろ。あの敗けっぷり見なはれ、どうみても、力がこもっとりまへん。……もてすぎても困るし、人気者はつろうおますなア」

タクシーの運ちゃんは四十男のいやらしさをそのまま言葉に吐きちらして、話しかける。

実際、場所なかばにして地元の新聞に、大鵬は「女と酒で昼飯を食うヒマもない」と書かれている。それをどうこう詮索するよりも、一つのエピソードを紹介しよう――。大鵬の好ましき一面がよく語られている。

昨年九州場所、大鵬は十両で見事優勝した。いよいよ入幕は確実、人気はぐんと高まった。お定まりの祝勝会のあと、一門の力士たちは、それぞれ芸者を連れ二次会へと流れていった。キャバレエS。ここでひとしきり騒いで、あとはおキマリの場所へ。というわけで、翌朝――宿舎である万行寺の広い部屋。フトンにくるまっていびきをかいていたのが大鵬ただ一人。
「どうも、ああいうのは苦手ですよ」

と頭をかきかき、目覚めてニッコリ笑った。

――また、こんな事実もある。大鵬にぶしつけに、女のことを質問したものがいたが、その返事がサバサバした顔で、

「女はつまらないナ。それより酒の方がいいヨ」

この、人気者にありがちの浮調子の所がないのを、マスコミはまず「買い」とでた。大鵬は女や酒ではつまずかないのである。

だが、ここに人気というものの錯覚があった。なにからなにまで優等生、騒がれても有頂天にならぬ大らかさ、など、決して人間的な完成を示すものではなかった。「要するに子供なんですよ、何にも知らない……。二所ノ関親方の言うままに育てられた温室育ちの素直さが、ただ夢中になった土俵にそのまま出た、それだけの話さ」と、ある協会の親方は言ってのけた。

それが初場所の好成績であったとすれば、今場所は――意識した人気を両の腕一杯につめて、土俵にあがったことになる。腕の力は大鵬の力でなく、人気の力だった、と言いかえてよい。

朝汐との取組は結びの一番であった。この時は、立行司が二度名前をよんで、それから声高高と、「この一番にて本日の打ちどーめエ」と軍配を立てる。この間、力士は塩の所

にしゃがんで、力水などをつけ待っている。

ところが、大鵬は、庄之助が「片や大鵬……」といいかけたら、さっさと塩をつかみ俵の所に立っていた。

庄之助さんは言っている。

「いや、あわてましたね。気負っているのか、マナーを知らないのか、とにかく上位へ上ってきたのだから、少しは基本をおぼえて貰わぬと……」

だが、好意的にみれば、初の横綱との対戦で、コチコチになっていたのかも知れないが……。

人気といえば、大鵬の寝泊りする二所ノ関部屋の宿舎は、今年から変った。便利だから、という理由が建て前になっている。が、どうやら有力市議が仲介して、その土地の商店会が誘致したという噂がもっぱら。

場所前の二月二十三日、大鵬が大阪に乗りこんできた時は、大へんな騒ぎだった。『歓迎二所ノ関部屋』のハリ紙のぼり、看板とずらりとならべられた様は、壮観だった。いや、この土地ばかりではなかった。大げさにいえば、大阪中が沸いた。大阪の有力財界人が音頭をとって、さっそく二所ノ関後援会が結成された。

「ホントは大鵬後援会にしたかったのだが……」

二十三日から初日の幕が開くまで、大鵬は文字通り売れッ子だ。大はこの後援会から、小は子供たちの大鵬を囲む会、かみさんたちの集り、地元商店会の後援会などなど。彼の若い肉体は、これらの疲労に耐えた。一晩ねれば恐らく元気は回復したろう。だが、精神的な疲労はその間におもむろに彼を襲ってきていた。

この事実を指摘して、神風氏（相撲解説者）は明言する。

「今場所の大鵬は固くなって自分の相撲がとれていない。肉体的には右手首の負傷がある。しかしそんなものは大したことはない。むしろ精神面……。それもネ、15日間の相手はすべて大敵でしょうが、それ以上の大敵は人気なのです。騒がれれば騒がれるほど、この期待に応えねばならない。なんとかいい成績を……。これが彼をすっかり固くしてしまっている」

しかも修練に修練を重ね、その苦しさを乗りこえてきたものだけが呼吸している上位陣が連日の相手だ。大鵬の進出をはばむ手だてはそれぞれが自分の地位を死守する上に、必要の条件。そこに「大鵬をまず心理戦で倒せ」という作戦命令が、暗黙のうちに伝パしたのである。

その気になれば、主役を食うことのできる渋い演技のバイプレイヤーが、やる気になったのだから、大鵬も楽ではない。たかが前座映画が当りをとったからとて、生ちょろいスターがすぐ本格映画に通用しませんヨ、とソッポを向いた。

そして、もう一つの大鵬作戦がたちまちに樹《た》てられた。それは、

「左をささせるな。右の前ミツをとり、右から攻めろ」

左四ツの大鵬に左をささせないこと、当り前にしてカンタンな原理だが、これが成功したとき大鵬はきまって敗れていた。

玉ノ海氏（相撲解説者）に、この事情を解説してもらおう。

「それは、大鵬が左一方の相撲で……、それはそれでよいのだが、右から防備し、または体勢を助けることを知らないからです。だから左を封じられると、どうにも防ぎようがない。それに対応する大鵬の努力がやっぱり……」

では、大鵬の工夫はどうだったのかが次に問題となる。ところがこの稽古が、人気者であるがため、見物客がワンサと押しかけ、整理券を出してやっとおさめる始末。粗末な板囲いの稽古場に、毎日二、三百人もの人が狂声をあげている。同門の力士がいっていた。

「うるさくて稽古にもなにも、なりゃしない」

　しかも、大鵬はこの場所に限り他の部屋に稽古にゆかなかった。相手になるのは、海山《かいざん》、玉響《たまひびき》といった人たちだけ。勘ぐれば、それすらも同門の親しさと裏腹の勝負に生きるものの苛酷さで、本気に大鵬の相手になったかは疑わしい。たまたま稽古をしにきた大関琴ケ浜がこういった。

「大鵬は人気者だ。あまり害しちゃ（痛めつけては）、親方あたりにネ……」

　あとはにごしたが……言外には、だからまあ五分五分に申し合い（練習試合）をしたのだ、という意味がにおっている。ところが琴ケ浜と五分にとると、新聞にも報ぜられ、大鵬人気はいよいよあおられた。その頃、他の部屋では「打倒大鵬」の旗印のもとに――。それとも知らぬ参謀本部の二所ノ関親方は、喜びにみちた言を堂々とぶっていたのである。

「いまや、大鵬のいい稽古相手になれるのは、横綱三人しかいないのではないかナ」

　以上が、場所寸前および今場所はじまってからの大鵬の条件である。重すぎる責任と人気とを背負って、若武者は必死の土俵をつとめている。黒星が、期待に反し上位との対戦で重なったが。砂かぶりにいた船場のいとはんが、両手を胸にだきしめて、いうのである。

「協会もあんまりやわ。十九歳の、これからの人を、商売のためかて、袋だたきみたいに扱って……ホンまに可哀相やわ」

大鵬に心からの拍手をおしまない人なら、おそらくこのお嬢さんと同じ気持を抱くだろう。そこで、見事に、11日目、小城ノ花《おぎのはな》を破り、やや前途に明るさをとりもどした大鵬をその宿舎に訪れてみよう。

○

問　ちょっと話をうかがえませんか。

大鵬　知らん。

問　やはり親方の奥さんを通してでなければ駄目ですか。

大鵬　そうだね。（朗らかな返事。そこで二所ノ関夫人を通し改めて――）

問　上位の人たちとの対戦の感想は。

大鵬　やはりうまいですね。それに何といってもカケヒキが……。

問　誰が一番強いと思われましたか。

大鵬　横綱さんですヨ。

問　今場所は何勝ぐらいを目標に。

大鵬　考えてもみなかった。勝てるだけ勝とうと……それに相手もあることだし……。

（この辺からずいぶんうちとけてくるのは、やっと警戒心を解いたためか）

問　これからの課題は。

大鵬　もちろん仕切りです。これから十分に気をつけます。

問　でも、親方は無理に変えなくとも、という意見では……

大鵬　親方はそういうんですが、でもやっぱりネ。

問　後援会やなにかで、場所前うるさくなかったですか。

大鵬　（しばらく考えて）でも、やっぱり大事ですからねえ。

問　いわゆる「壁」を感じませんでしたか。

大鵬　（ちょっと考えて）どういうことです。

（ここでかんたんに三役の壁を説明すると）

大鵬　（勘違えたのか）三役はやっぱり強いなあ（感嘆して）まだまだ大へんです。今場所はいい勉強になりました。

○

いい勉強になったと大鵬はみずから言う。その感想のとおり前頭四枚目は、上位進出の一大関門なのである。土俵の鬼、若ノ花も25年秋この地位で、4勝11敗とみじめな星を残した。名人、栃錦でさえその一年前の24年夏前頭三枚目で4勝11敗。近くは昨年のこの場所の若秩父は小結で2勝13敗、そして人気絶頂の柏戸《かしわど》もこの地位で34年夏には5勝10敗と苦い汁をなめさせられている。

大鵬にとっても苦しい場所とわかっていた。しかも、一歩も退れぬ土タン場に早く追いこまれ、彼は奮戦を強いられる。ファンは最後まで、未知数の魅力に、胸をわきたたせた。若武者は血みどろになって、その全力を15尺の土俵に叩きつけた。

結果はどうあれ、玉ノ海氏のいう「土俵のケガレを知らぬ男」大鵬の健闘をたたえようか。

大鵬　well done!

（註：結果的には七勝八敗で負け越し）

○立合い

若き日の大鵬の話ではないが、相撲は立合いの一瞬にある。とくにスピードが大切の近代相撲では、この刹那の立上りに後《おくれ》をとったら、まず苦戦はまぬかれない。戦争中の双葉山のように「後の先」など、言うは易くして行うは難し。闘志とか根性とかの問題ではない。

　このために仕切り直しをジッと見ているのが楽しい、といったら、いかにも通人を宣伝しているようで面映《おもは》ゆいが、相撲の醍醐味は少なくとも、仕切り直しのくり返しから刹那の立上りの一瞬にある、ことだけは確かである。

　フランスの詩人ジャン・コクトオの戦前に日本を訪れての旅行記『日本印象記』をみると、立合いのすばらしさが見事に語られている。

「浄めの塩を、土俵に振りまいてしまうと、両力士は股をひろげ、両手を腿《もも》にあて、悠々と力をこめて、交互に片足ずつ踏みしめる。この熊踊りが、かれらの筋肉を準備する。

　かれらは向いあって身をかがめ、絶好の一瞬を、

〝バランスの奇蹟〟を、

　気合の投合を、待つものらしい。

　かれらは互いに、きっかけを狙い、息をはかり、緊張したかと思うと、ふと言い合わしたように力をぬき、ポーズを崩し見向きもせずに、土俵を下りる。行司は、これらの〝実りのない試み〟に充分に間をあたえる。

不意に電流が走る。

巨大な肉体が打合い、摑《つか》み合い、叩き合い、蹴合い、地面から抜き合う、と見る間に、カメラマンの稲妻一閃、人間の巨木がマグネシュームの雷《かみなり》に根こそぎされて、土俵の下にころげ落ちる」

詩人はさすがにうまいことをいう。バランスの奇蹟、気合の投合とは、愚物のわれが千万言を弄するより、よほど説得的である。そういえば米大リーグの名選手ピート・ローズも「盗塁のコツは相撲の立合いを見習うといい」と感嘆していったという。天才の見る眼は同じということか。

●差し違い

行司のことを書く。またしても久保田万太郎の句で、

初場所やかの伊之助の白き髯

というのがある。このヒゲの伊之助が忘れられぬ。この人がヒゲをのばしたのは風邪を

ひいたのがもとだが、銀白の一色、かえって品がよいからというので、とくに相撲協会から許しがでて剃らずに土俵にあがった。昭和二十八年の初場所から。華かなライトを浴びて錦絵のように浮かぶ力士の肉体美のかげで、小柄ながら美声、白ヒゲを颯爽凜乎としてなびかせる伊之助の古式美は印象的であった。

　風貌姿勢に似合って、なかなかのあわてん坊だと聞いたことがある。大歓声に消されて目立たなかったが、勝力士の鏡里《かがみさと》の名乗りをあげるところを、負けた玉乃海の名をいった。途中で、ホイしまったと気付いた伊之助、平然と、

「玉乃海ィ、に勝ったる鏡里ォ」

　とやった。またあるときは、勝った力士の名をひょいと忘れて「お前さァーん」とごまかしたことがある。その甲高い声が実にうまくカモフラージュとなったとか。

　また、昭和三十三年初の三日目の鏡里と島錦《しまにしき》の一戦で、サガリをとりにいった伊之助の軍配が、両力士の太鼓腹にはさまってとれない。ヒゲまで真ッ赤にそめて伊之助が大苦戦、場内の爆笑はしばしおさまらなかったこともある。

　その三十三年秋の初日、栃錦と北の洋の一番でも珍事が起った。土俵際のもつれからきわどい勝負となった。伊之助は北の洋にあげかけた軍配を栃錦にあげるまわしウチワとな

り、これに物言いがつき結局は差し違いと判定される。このとき、伊之助はこの判定に承服せず、土俵を叩き、白髯をふるわせて検査役に抗議、十分を越える大物言い。桟敷から珍しく「伊之助、頑張れ」と声もとび、場内騒然とした。結局、伊之助は北の洋に軍配をあげ直したが、「行司の権限をこえた行動」として出場停止、謹慎処分をうける。

金色燦然たるその姿とは別に、行司には土俵上での一票の権限のないことは、これで明らかになった。そして現行規程によると、年間九番の差違えで降格。ただし三役格になると「本人の自覚と責任」にまかされ、さらに立行司は一番でも進退伺いをだすのが不文律になっているとか。

階級は、序ノ口・序二段の行司は力士でいう取的で、軍配の紐は黒色、ハダシ。三段目と幕下が青色の房となるが、同じく素足。十両から一人前の行司で、格足袋を許され、軍配の房も青白にかわる。幕内は本足袋、紅白の房。三役格になると草履をはき、緋色の房。立行司（大関格）は紫に白のまじった房に、短刀を佩用《はいよう》する。木村庄之助（横綱格）ただひとりが紫の房の軍配を使う、もちろん佩刀である。兄弟子とはムリ偏にゲンコツと書くのが相撲社会の常識だが、行司の世界もまた同じなのである。

老いたる伊之助が怒ったのは、勝負の判定よりも行司を粗末に扱う相撲社会にたいしてであったかもしれない。

　正直に物言いて秋深きかな　　万太郎

この句には「検査役に抗議したる式守伊之助に」と献辞がある。

○弓取り式

昨年秋の「中央公論」増刊の「文芸特集」で、丸谷才一・山崎正和両氏が対談で、うがった相撲論を展開していた。注目すべきところを長いが引用する。

丸谷　折口信夫の説によると、もともと相撲の発生状態では、勝ち負けが決まっていたというんです。

山崎　ほう、八百長ですか。

丸谷　現代人の意識でいえばそうなるけれど、つまり、儀式なんです。勝ったほうの村の田圃の稲がよくできるというおまじないの儀式であった。それが、しだいに呪術的起源が忘れられて、単なる勝ち負けの遊びになってしまった、というわけですね。これは、もちろん折口一流の学説であって、確たる証拠なんかあるはずないわけです。……でも、僕は、かなりいい線をいっているんじゃないかと思う。

山崎　かもしれませんね。少し後の時代でも、東方と西方というのがあって、東が勝つと野のものがよく実る、西が勝つと山のものがよく実る、というような呪術的な信仰はあったようですね。それともう一つ、……ある百科事典によると、相撲の語源は「素《す》舞《ま》い」であったと。つまり、伎楽とか舞楽が面をつけたり衣裳をつけて舞うに対して、こちらは裸で舞うという意味で、素の舞い、「素舞い」だったというんですがね。（以下略）

一代の両碩学は、さすがに本質を見破っておられる。すでにチラチラふれてきたが、相撲とはそのように呪術的な信仰、儀式からはじまったものであった。

相撲とは離れるが、たとえばお正月の凧《たこ》、これも地方によっては神事・儀式であり、子供の遊びではなかった。長崎、浜松、埼玉県の宝珠花《ほうしゆばな》、新潟県白根の凧揚げが有名であるが、いずこも春の強い風に大凧を舞い揚げさせ、戦わせて勝敗で集落ごとのその年の農作物の豊凶を占ったりした。集落対抗の神輿《みこし》合戦や綱引き合戦も同じ。

同様に相撲――ここで「○肩すかし」の項で書いたカッパのことを想いだしてほしい。たとえば氏神様の祭礼に相撲を奉納するところは諸方にある。これを草相撲といった。草野球なんていう妙な言葉が大手を振って歩いているため、野原でやる相撲ぐらいに誤解されているが、本義はそうじゃない。字義どおり身体に草をつけて行った所作ととるべきなのである。身体に草をまとっているもの、つまりは水辺の精霊たるものはみな然り。カッパ、ナマハゲ、ボゼ……。

草相撲は五月五日の端午の節句、七月の七夕、あるいは九月の二百十日のころ行なわれることが多かった。とくに七夕である。各地において水の神を祭るのもこの日であり、そこでこの日、農耕儀式の一つとして精霊と相撲とって供養する。その年の稔りの豊凶をうらなうという呪術的な信仰もあわせもつ。東西の土地の代表が作柄のよし悪しを賭けて争い、勝ったほうの土地には豊作がもたらされると信じられてきたのである。カッパが相撲好きというのは、ここからきた伝承とみることができる。

これが大々的に宮廷で行われるようになったのが節会《せちえ》相撲。そして勝ったほうの力士のために、祝福をあらわす舞いを舞う役ができる。立合舞いといったらしいが、すなわち弓取り式がこれだ。

力士がつけるサガリとは何ぞや。横綱がつける化粧まわしの前のヒラヒラは何ぞや。神社に参拝にいけば鳥居や社殿でいやでも目につく。神事相撲の名残りである。力紙、力水そして土俵に塩をまくのも清浄をねがうため。すべて神事にのっとっている。そして屋形の皇太神宮造りをみよ。

力士が踏む四股。歌舞伎の舞台で六方を踏むにひとしい。あるいは伎楽や舞楽で踏む動作。何かを踏みつけることによって、世の中の泰平を表わそうとしている。何かとは何か。土地や水辺の精霊である。土地や水辺は、人間の平穏をいつもねたんで、少しの隙をもねらっている邪悪なものがいると考えられていた。カッパがその象徴。その邪悪なものを踏みつけることによって、天下泰平のしるしとした。

そういえば、行司のもつ軍配には、きまって天下泰平・五穀豊穣の文字が書かれていた。

●焼け出され

『隅田川の向う側』のなかでも書いたことだが、三月十日の大空襲で、猛火に追われて逃げ、中川放水路にはまってやっとのことで死なずにすんだ。あのとき大相撲の全幕内力士の写真のついたメンコをすべて失ったこと、無念この上なく、その夢をいまもときどきみることがある。

この夜、両国国技館も炎上した。なつかしい黒い円屋根の下の窓々から、白熱した火焔と煙が噴きだした。その猛火を背景に櫓《やぐら》が最後まで立ちつづけていたという。

関取のなかで美男で売った松浦潟《まつらがた》が焼死、相撲の速さで大いに嘱目された豊島《とよしま》が隅田川の水につかったまま窒息死した。この豊島の化粧まわしにこう記されていたことを覚えている。

「撃ちてし止まむ」

○すくい投げ

敗戦日本、柔道や剣道から忠臣蔵まで禁止されたとき、ＧＨＱはなぜ相撲をあっさり許可したのだろうか。

　二十年十月には、天井が破れた国技館で、米軍慰問のため相撲をみせろといってきた。そしてＧＩたちは日本人が初めてみる缶ビールを片手に、もう一方の手で大和撫子を抱きながら、戦後の相撲をいの一番に見物した。

　本場所が再開したのは翌十一月。まこと早い立直りだが、マッカーサーの日本統治政策のおかげかもしれない。九月末に天皇と会ったマッカーサーは、日本人の価値概念の根幹をつぶすことなく、外形的な改革で、日本の占領統治をしようと心にきめた。天皇を象徴として残す、ついでに天皇杯をおしいただいている大相撲も残すことも。まさか、とは思うが……。それに肉体がいくら大きくても、ハダカじゃ危険はあるまいと思ったのか。

　いずれにせよ相撲はハッケヨイと残って、天下泰平で、アメリカ産の野球と隆盛をわけ合うことになる。ＦＥＮではいまじゃ野球なんかメじゃない。この進駐軍放送（なつかしい言葉だね）を聞くかぎり、野球が日本の国技、相撲はアメリカの国技じゃないか、と空恐ろしくなる。

　寄り切り＝フロント・フォース・アウト。突き出し＝スラスト・アウト。上手投げ＝アウター・ハンド・スロー。すくい投げ＝スコップ・スロー。叩き込み＝スラップ・ダウン。

切り返し＝バック・ツイスト。うっちゃり＝バックワード・ティボット・スロー。

何だか舌を嚙みそうな言葉が、どんどんラジオから流れているのを、アメ公は、さながら戦争中の日本人が相撲放送に熱中したように、キャッキャッといいながら聞いている。

「玉龍インサイド・レッグ・トリップ（内掛け）、千代の富士セイフ、セイフ（残った）、キープ・ファイティング（はっけよい）キープ・ファイティング……」

聞いているこっちは、とうの昔にアウトだよ。

○突っぱり

隅田の川風にのって相撲太鼓がさわやかにひびきわたる。江戸ッ子はきびすをつらねて両国橋を渡る。万太郎の俳句をいくつも紹介したが、稲妻雷五郎《いなずまらいごろう》、谷風梶之助《たにかぜかじのすけ》、雲竜久吉《うんりゅうひさきち》そして雷電為右衛門《らいでんためえもん》の昔にもどって、江戸の俳句のいくつかを。

うす暗き角力太鼓や隅田川　一茶

相撲取ならぶや秋のからにしき　嵐雪

相撲解説から足を洗ってもう何年たったことだろう、玉ノ海梅吉さんの声がひどくなつかしくなることがある。現役時代は無口が看板、太い眉、ワシのような目、上を向いた鼻と厚くて大きな唇、無骨をそのまま顔に描いたような関取が、あんなにユーモラスな人情家であるとは、想像すらできないことだった。

貴ノ花のねばり強い善戦を評して、

「下半身にもう一つ命がある」

といった言葉。また大きな魁傑が小兵を相手にやたら双差《もろざ》しにこだわったとき、

「なんであんな窮屈な相撲とるんかな。まるでズボンの片方に両足を入れているようだ」

と笑った言葉。そして旭国《あさひくに》の戦いぶりを、

「土俵のにおいのする力士」

と賞めた言葉などなど。いずれも言い得て妙、万人の共感をよぶ至言だった。そして裏に相撲が本当に好きなんだなあ、と感じさせる暖かみがあった。とくに傑作は、魁傑がもろくも負けたのを嘆じて、

「ああ、魁傑は未解決だ」

といったとき。玉ノ海さんが魁傑の人柄を愛しているのが、こっちの心にも沁みとおっ

た。

　これきりと思ふ日もあらん角力取　秋色

「昭和十四年一月場所でした。そう、双葉山が六十九連勝を安芸ノ海に敗れてストップしたあの場所です。十一日目に幕尻二枚で十戦全勝の出羽湊《でわみなと》と対戦することになった。私にはどうしても勝たなくてはならない相撲ではなかったが、相手には勝って是が非でも優勝をきめたい大一番。私は出羽湊とはすごく仲好かった。予想どおり（？）相手の使者が交渉にきて、私はつい、フラフラと軽い気持で受けてしまった。

　負けてやるときめると気が楽になり鼻歌まじりの気分で当日土俵に向かった。そして席布団に腰をおろし、顔をあげて二階席までびっしり入ったお客の姿が目に入った途端に、水を浴びせられたようなヒヤッとした気持になってしまった。なぜ早まったことをしたのか、と思っても、相手はすでに土俵の向う側。結局、負けました。

　控えの道を下がるとき顔もあげられず、若いものの顔を見られない。私の田舎は長崎県の大村市近郊の漁村で、故郷に錦を飾ったときは、百本ものノボリを立てて歓迎してくれた。地元の小学生も手紙を書いて送ってきてくれた。そういう人たちの顔がいっせいに脳裏に浮かんできて、私は二度と八百長はくり返さないと誓ったものです」

玉ノ海さんの苦渋にみちた回想である。

角力とり露の妻子もありときく　成美

すまふ取みな腹々にましましける　米仲

その玉ノ海さんの回想はつづく。

「そのことがあって二年後、相手は大関の五ツ島、私は小結。五ツ島は前場所負け越しで、この場所も負け越すと大関陥落という大事な場所、そんな彼と十四日目に顔が合った。相手は七勝六敗の星、私は十一勝二敗のいい成績で、まわりからはあと一つ負けても大関昇進は間違いないといわれ、私もそのつもりでした。

そこへ使者がきたのです。つっぱり返した。それなのに使者が一時間後にまたあらわれて、ウチのオヤジが玉ノ海は負けても（大関昇進は）間違いないといっているから、という。オヤジとは当時の相撲界の実力者のことでしたから、その言葉の裏には、話を断って勝ったら大関にはしないぞ、という威圧があり、私もさすがに考え込みました。

しかし、あれこれ悩んだ末、八百長を引き受けて利益をうける今こそ、絶対に引き受けるべきではないと思い、断りました。その一番は私の勝ち。五ツ島は結局負け越し（千秋楽に照国に負ける）、関脇に陥落したつぎの場所は全休して、そのまま引退。一方、私は十三勝二敗で、後援会の人たちと協会からの大関昇進の使者を迎える準備をしていたのですが、使者はついにあらわれませんでした」

　当時、大の玉ノ海ファンだったわたくしも、当時の慣例で当然のこと大関になると信じきっていたのに、関脇にとどめられ地団駄ふんだ憶えがある。後年、こんな裏の経緯があったと知り、事実というものには明らかにされないほうが、かえって夢が抱ける場合のあることを悟った。

相撲とり老いて上手にころびけり　　寥松

○押し出し

「アラアラ、ラ、またしこしこはじめたのね。今年で何冊目？　八冊目、へー。まあ無駄働きもここまでくると勲章ものね。なに？　勲章なんかいらない、じゃ、紫綬褒章にする？……ナヌ、どっちもいらないから小費《こづか》いを多くしろだって……馬鹿も休み休みいってら。私ァ、いま守銭奴なんです。ＮＴＴの株を一万株も持とうという悲壮な覚悟をきめているんですからね。

　今年のテーマはお相撲ですって……、なら、断然、小錦のこと書いてよ。かれこそ日本における数少ないプロのスポーツマンよ。自分が身をおく世界のみんなから敵意をもたれ、なおかつそれを正面から受けとめ、それに敢然と立ち向かっていく……シビレるわねえ。

　相撲は戦い《ファイト》だ、なんて名言じゃない。土俵にあがると、ただ自分に『行け《ブロウ》、行け《ブロウ》』とささやき、勇気づけるというじゃないの。あれこそ、ファイティング・スピリットの巨大にして、孤独な塊よ。それこそプロよ。

　……なんちゃって、オダのあげすぎかしら。そのくせ江川スグルちゃんの闘志のまるでない〝いいかげん〟も好きなんだから、分裂してるわねえ。野球の勝敗や数字なんて下らねえ、と身をもって実践して孤独なところは、小錦と似てるんじゃない。エッ、似ていない?……そうかしら……。

　私、酔っちゃったのかしら……いずれにしても、さっさと書いてお休みなさいよ。電気代がもったいないからッてお説教してるんじゃないのよ。あなたの健康を気遣っていってるわけ。いい奥さんでしょ。ウヒヒヒ……でも考えてみると、電気代もバカにならないわね……」

恒例の女房どのの怪気焔である。そしてたちまち大いびき。それがとまると寝言ムニャムニャ。耳をすませば、「とにかくNTT一万株よ」といっているのが聞きとれるのである。

（ところでNTT一万株となると、いったい何万円になるのかな。暗算でネガイましてはとやってみたが、マルの数がわからなくなった）

○横綱力士碑

元禄十一年（一六九八）に京都のそれに模して建てられた浅草の三十三間堂《さんじゅうさんげんどう》が焼失した。これを深川の地に再建する議が熟したとき、地固めのために勧進相撲の興行が許された。三十三間堂は深川の富岡八幡《とみおかはちまん》の東に移築され、いらいずっとこの境内で大相撲が興行されるようになった。

隅田川の川向うと相撲とは、これ以後は切っても切れない縁となる。

その後、明和六年（一七六九）、三十三間堂は暴風で倒壊しなくなった。相撲はそこで富岡八幡の境内を一定の興行地とすることにした。いまでも八幡宮の境内に巨大な横綱力士碑が立っているのは、この縁故による。碑は明治二十八年に建立、代々の横綱の名がいまにいたるまで、ぜんぶ刻まれている……。

――こんな歴史講釈を、こんどあらためて横綱の碑を眺めあげながら、思い返してみた。相撲の元祖は野見スクネと当麻《たいまの》ケハヤ、その後は大名のお抱えの相撲となり、江戸の勧進相撲へ移行し、富岡八幡の興行から両国は回向院《えこういん》へ。なにしろ両国は芝居、軽業、手品、講釈、物真似、お化け屋敷など見世物小屋が軒をつらねる娯楽センターだったから、回向院の相撲がいちばんもうかった。天保四年（一八三三）以後からは、回向院が完全に相撲の定場所となる……。

――相撲の話がテーマだから、歴史にも一応ふれているのだが、書くほうが退屈なのだから、読むほうはもっと退屈かな。

その回向院境内に国技館ができたのが明治四十二年（一九〇九）。大鉄傘をゆるがす黄金時代を迎えるようになる。以上、したがって日本におけるプロ相撲は、相撲会所―東京大角力協会―大日本相撲協会―日本相撲協会の系譜によってひきつがれてきたことになる。

勧進相撲が組織的・定期的に行われるようになったのは、まさしく宝暦年間（一七五〇年代）だから、相撲会所はそのころに発足したと考えてよい。とすれば、今日にいたるまで二百三十年余、これを企業としてみると、その永続性はおどろくほかはない。

――大男総身に知恵がまわりかね、なんていう格言はとんでもない話。企業は組織も大事だが、所詮は人だね、ということがよくわかる。昭和だけ考えても、玉錦から双葉山へ、東富士《あずまふじ》・千代《ちよ》の山《やま》から栃若へ、つづいて柏鵬、玉北時代、そして北《きた》の湖《うみ》、千代の富士からサンパチ時代へと、年々歳々人同じからず、されど歳々年々花は美しく咲きついできた。

文藝春秋は創立いらい、まだ、たかだか六十五年。組織が大きくなったからと秀才重役の組織改革論ばかりが大はやり。それより花のある人材の育成・輩出こそ「後の先」かもしれぬ。相撲史を書きながら、常に社を思うこのけなげさよ。だれもほめてくれぬから、自分でほめることにする。

○四天王

昭和三十四年夏場所の千秋楽の夜、立浪部屋でふと耳にした楽しい会話がある。

北の洋「おれはキタノナダじゃなくて、キタネエナダだぞ」
時津山《ときつやま》「じゃ、おれはドケチヤマか」
若羽黒《わかはぐろ》「そんならおれはバカハグロだな」
安念山《あんねんやま》「私はザンネンヤマでした」

立浪四天王の名をほしいままにした大男たちの、一杯機嫌の漫談には思わず吹きだした。ちなみに、この場所は、北の洋（前頭1）五勝十敗、時津山（前頭5）八勝七敗、若羽黒（関脇）七勝八敗、安念山（前頭8）十勝五敗と、いずれも堂々たる星であったのに、戦いすんで日が暮れると、思うにまかせぬ勝負の世界のやるせなさ、そんな冗談で気をまぎらすほかはないかもしれぬ。

ところでこの安念山はいま立浪親方として、横綱双羽黒をかかえる躍進の部屋の総帥。ザンネンヤマどころか安寧《あんねい》ヤマそのものである。

（ちなみにわがタラチネの母は立浪部屋後援会の有力な一員。そのおかげでマス席が高嶺の花でなくなった。この項はつまりそのお礼という次第。）

○封じこめ

昨年の夏、双羽黒が横綱に値いするかどうか、横綱審議委員会（横審）とやらのオッサンたちが議論した。賛成七、反対一と新聞などで伝えられ、きびしい一票を投じたのが自民党代議士稲葉修であると、野次馬たちが噂し合った。平常の言動が稲葉元法相に災いしたのだろうが、実のところはさにあらず、ＮＨＫ会長が投じたもの。委員になったばかりで、横審の内情も知らず、律義に横綱推薦の内規を守ったにすぎぬらしい。

それにつけても横審の委員に、朝毎読とＮＨＫのトップが名をつらねるのは、どういうことなのか。「本委員会は相撲を最も愛し、相撲に深い理解を有する各方面の識者をもって構成される」という規則が泣いている。マスコミ四社を代表する委員には、空文にすぎない。マスコミの協会批判と横綱批判の封じこめ。こんな手が相撲四十八手のなかにあるとは、〝相撲を少し愛し、相撲に少しの理解を有する〟わたくしも、浅学にして知らなかった。

●稽古不足

わが愛する亡き名横綱玉の海、若きころは玉乃島正夫、親しき友はみな「シマちゃん」とよんだ好青年。どうしてもかれのことをもう一度、登場させたい。

これもいまはなき「漫画讀本」の、編集長だったとき、シマちゃんにインタビュー。その短かい記事が「漫画讀本」に載っている。テーマは〝女とは何であるか〟。片男波部屋のかれの部屋で、シマちゃんはギターを爪弾きながら語った。背後にピンクのおおいのかかったでっかいベッド。これを眺めていると、なぜか、こっちのほうが照れくさくてならなかった。

「おんなを定義せよ……ヒャーッ、弱った、弱った。（しばらく考え）むつかしいな。いちばん好きなもの……なんていうと親方に叱られちゃうし……（また考える）やっぱり線だな、女ッて線の魅力だな……（ベッドの上に外人ヌードの写真一枚が貼られている。それを見上げて）いい線しているでしょう、あんなのがいちばんだ。

もっとうまいことが言えないかな（と、また考える）でもボクなんか平民は、偉い先生方と違うんだし……そうだ、（顔をグッとあげて）女は、ほかの男に恋をすれば、それきりです。ただ、見ているより他はありません。つまらねエ。

それよりまだボクは半人前だから偉い先生に、『女は愛する男を成長させるために存在している』なんて教えられても、コワイというのが実感です。遠くで見ていれば美しく素晴らしいけど、そばにきたらただもうキケンでコワくて……要するに、女に関しては稽古が足らんのですよ、まだまだ……」

あとで雑談に入ったら、シマちゃんはいった。

「最近、ヒザ上10センチがはやっているけど、おれのサガリもヒザ上10センチにしたら、女の子にもてるかね。ハンドさん」

わたしは思わずガハハハハと笑ってしまった。

○千秋万歳

わが浦高時代の先輩に加《か》藤《とう》道理《みちただ》さんという漢学の大家（?）がいて、昨秋、『現代に生きる漢語』（東洋書店）という三百の短文を集めた本を出版された。一本タダで寄贈されたからいうわけじゃないが、ときに横丁の隠居的の要らざる長談議もあるとはいえ、なかなか楽しく面白い。

この先輩も相撲好きらしく、いくつも登場してくる。「相撲は角力・角抵・角觝《カクテイ》とも書く。相撲とは相手を撲《う》ち倒す意であるが、もとインドの仏典『本行経』の中に見える梵語《ボンゴ》のゴタバラの漢訳語で、これを大和ことばの『すまふ・すまひ』に当てたものとされる」とあり、この項は「新しい酒は新しい革袋にの言葉ではないが、今年は保志・北尾・小錦らの新鋭の活躍が期待される。（〔昭和〕六〇・一）」と結ばれている。

稽古《けいこ》という語の解説も勉強になった。稽とは長年たくわえた穀物の意がもとの意味なんだが、この字のケイの音が「計」に通じるので「考える」の意に用いられるようになった。

だから稽古とは、古きを考える意。そしてさらに道理先生はいう。「この語の出典は書経の堯《ギヨウ》典で」あって、「古の帝堯を稽《かんが》ふるに（昔の天子堯のことを考えてみますと）……」とでてくるんだそうで、昔を考える↓学習する↓練習を重ねる、そう使われるようになった、とか。

また、「千秋楽」の項では「蔵前の国技館も（〔昭和〕五九年）九月二十三日の千秋楽で百三場所目の歴史を閉じた」と哀惜し、相撲番付に千秋万歳大大《ダイダイ》叶《かのう》とあるのは、楽日《らくび》までの客の大入りを願う言葉である、と説明する。そして千秋万歳の語は韓非子の「今巫祝《フシユク》（みこ）の人を祝するや、若《なんじ》をして千秋万歳ならしむと曰う」とあるのが古く、人の長寿を祈る言葉だと、おごそかにおっしゃるのである。

こういう「ガク」のある道理先生をもつということは、まったく有難いことである。こっちが教えを請わなくともすべて即座に解答を示してくれるし、ときにはつぎのような、若干の人生教訓も示していただける。

蔵前国技館お別れの千秋楽の日、協会役員と幕内全力士が土俵をかこみ、おごそかに送別の式典をおこなった。終って二子山理事が感想を求められて、声をしぼりだすようにして言った。

「寂しい。実に寂しい。この土俵にはおれの魂が置いてある」と。
〝土俵の鬼〟若ノ花ならではの言葉である。道理先輩はそのあとに感想を書きつける、「胸を打つものがあった」と。まさに道理である。

○呼び戻し

秋場所を十日後にひかえた昭和三十一年九月五日、前場所優勝の大関若ノ花は、いつものように可愛い盛りの四歳の長男勝雄を、自転車にのせて花籠部屋にやってきた。巡業と地方場所の多い関取にとって、東京場所は家族ともっとも親しむときである。まして若ノ花は弟妹十人の親がわりとなって、若いときから家族と離れて働くことが多かった。

たっぷり稽古で汗を流した若ノ花は風呂に入った。そのわずかの時間だった。見物客のなかに三人づれの女子高生があり、可愛さのあまり、勝雄に声をかけた。幼い勝雄は人見知りもあり、声をかけられるたびにうしろにさがっていった。女子高生もあきらめない。

「ねえ、いらっしゃいよ」

勝雄はさらにあとずさりする。そのうしろに、赤く熾《お》きた炭火の上で、大きなちゃんこ鍋の湯が煮えたぎっていた。勝雄の小さな身体は、つぎの瞬間、腰から鍋のなかへ落ちていった。

九月六日、下半身全体に、大火傷を負った勝雄は、痛い、痛い、と泣きつづけつつ死んだ。その日から、若ノ花は食事を口にしなくなった。「相撲とりが、めしを食わないでどうする」親方や後援会から叱咤されたが、頑として口にしようとしない。どうしてちゃんこがノドを通ろうか。稽古もうつろとなった。

若ノ花は苦しみぬいた。優勝がなになる、横綱がどうだというのか。親の不注意を責めるべきか、天の無慈悲を怨めというのか。若ノ花は父親として狂わんばかりだった。

このとき、かれを支えたのはプロの力士としての精神力だった。

「おれは趣味で相撲をとっているのではない。生きるためにとっている。よし、勝雄のともらい合戦だ」

昭和三十一年の秋場所が開幕。蔵前国技館の支度部屋に入った若ノ花は、首から大きな数珠《じゅず》をさげていた。ふだんから口数は少なかったが、このときは取組前から一言も口をきかなかった。数珠をまさぐりながら、ひとり祈るかのように動かない。若ノ花の体重は五キロ以上も減った。

初日、相手は鳴門《なると》海《うみ》。土俵にあがった若ノ花をみて思わず、鳴門海は身を震わせた。あきらかに大関の心身には鬼神がとりついているようにみえた。幼い勝雄の霊がのりうつっている。いや、あるいは狂気が……。軍配がかえって立上って数秒後、鳴門海は土俵に叩きつけられていた。若ノ花が全身全霊をあげるときにだす伝家の宝刀、呼び戻し（仏壇返し）の大技がきまったのである。

二日目、若羽黒。三日目、安念山。四日目、出羽錦。五日目、成山《なるやま》……中日で給金を直して三役陣の猛攻をうけるのだが、若ノ花ははね飛ばしていく。九日目、朝汐を下手投げ。十日目、松登《まつのぼり》を突き落とし。十一日目、巨漢の大内山《おおうちやま》を二枚蹴りで叩きつける。しかし、十二日目、鶴ケ《つるが》嶺《みね》を下手投げに破って全勝のまま帰った夜、突然の高熱が若ノ花を襲った。

三十九度九分、若ノ花は関節がばらばらになったかと思った。わが子の死顔を打ち消すために、場所の直前、酒また酒に暮れていたのが、かれの不死身の肉体をむしばんでいたのであろう。急遽入院した翌朝は、ついに立てず。病因は腸チブスと扁桃腺炎。対鏡里戦は不戦敗となる。やむなく十四日目は休場。だが千秋楽の栃錦戦に出て勝てば、横綱昇進の可能性は残されている。

翌日、若ノ花は病院のベッドを降りた。出場届はすでに出されてある。

「おれは行くぞ。こんな熱なんか……、場所入りの時間だ」

だが、土俵の鬼も病いには勝てなかった。ベッドに倒れ伏した若ノ花は声にならぬ声を叫んだ。

「天はおれを見捨てたのか」

うめく若ノ花に、師匠の花籠がこれも必死の想いで制止した。

「若、まだチャンスはいくらでもある。なあ、若！　猛稽古の花咲くときはすぐにくる」

遠く蔵前の国技館、不戦勝の勝名乗りをうける栃錦の胸に、無念の好敵手の叫びは、たしかにとどいていたと思う。

蔵前から両国へ、同じ土俵なれどやはり土俵は変る。最後の日に、「この土俵にはおれの魂が置いてある」といった若ノ花の思いのたけには、人にはいえぬ無限の重みがある。

「相撲取りの心身は一種の芸術品です。ただし出来上ったすばらしさだけではなく、作りあげるまでのきびしい稽古、練磨——つまり過程をむしろ見たい、見るべきだと思う」

相撲を愛した彫刻家石井鶴三氏の言葉である。

半藤さんの書斎。退職時に会社から譲り受けた机と椅子を愛用した

半藤一利（はんどう　かずとし）

1930年生まれ。作家。文藝春秋に入社し、『週刊文春』『文藝春秋』などの編集長、専務取締役を歴任。昭和史研究の第一人者として知られる。2021年1月12日逝去。『日本のいちばん長い日　決定版』『聖断』『昭和史』『戦争というもの』『歴史探偵　忘れ残りの記』『歴史探偵　昭和の教え』など著書多数。

文春新書

1344

歴史探偵《れきしたんてい》　開戦《かいせん》から終戦《しゅうせん》まで

2021年12月20日　第1刷発行

著者	半藤一利
発行者	大松芳男
発行所	株式会社 文藝春秋

〒102-8008　東京都千代田区紀尾井町3-23
電話（03）3265-1211（代表）

印刷所	理想社
付物印刷	大日本印刷
製本所	大口製本

定価はカバーに表示してあります。
万一、落丁・乱丁の場合は小社製作部宛お送り下さい。
送料小社負担でお取替え致します。

ISBN978-4-16-661344-1

姫君たちの明治維新　岩尾光代
日本史の新常識　文藝春秋編
日本プラモデル六〇年史　小林　昇
仏教抹殺　鵜飼秀徳
昭和天皇 最後の侍従日記　小林　忍＋共同通信取材班
令和を生きるための昭和史入門　保阪正康
内閣調査室秘録　志垣民郎　岸　俊光編
木戸幸一　川田　稔
「京都」の誕生　桃崎有一郎
皇国史観　片山杜秀
昭和史がわかるブックガイド　文春新書編
遊王　徳川家斉　岡崎守恭
東條英機　一ノ瀬俊也
信長　空白の百三十日　木下昌輝
感染症の日本史　磯田道史
平安朝の事件簿　繁田信一

◆文学・ことば

翻訳夜話　村上春樹　柴田元幸
翻訳夜話2 サリンジャー戦記　村上春樹　柴田元幸
漢字と日本人　高島俊男
語源でわかった！英単語記憶術　山並陞一
すごい言葉　晴山陽一
危うし！　小学校英語　鳥飼玖美子
外交官の「うな重方式」英語勉強法　多賀敏行
名文どろぼう　竹内政明
「編集手帳」の文章術　竹内政明
ビブリオバトル　谷口忠大
新・百人一首　岡井隆・馬場あき子　永田和宏・穂村弘選
劇団四季メソッド「美しい日本語の話し方」　浅利慶太
芥川賞の謎を解く　鵜飼哲夫
司馬遼太郎に日本人を学ぶ　森　史朗
週刊誌記者　近松門左衛門　小野幸惠　鳥越文蔵監修
昭和のことば　鴨下信一

ビジネスエリートの新論語　司馬遼太郎
オッペケペー節と明治　永嶺重敏
世界はジョークで出来ている　早坂　隆
一切なりゆき　樹木希林
天才の思考　鈴木敏夫
いま、幸せかい？　滝口悠生選
英語で味わう万葉集　ピーター・J・マクミラン
歎異抄　救いのことば　釈　徹宗

（2020．12）A　　品切の節はご容赦下さい

◆経済と企業

金融工学、こんなに面白い　野口悠紀雄
リープフロッグ　野口悠紀雄
臆病者のための株入門　橘　玲
臆病者のための億万長者入門　橘　玲
熱湯経営　樋口武男
先の先を読め　樋口武男
就活って何だ　森　健
資産フライト　山田　順
ビジネスパーソンのための契約の教科書　福井健策
ビジネスパーソンのための企業法務の教科書　西村あさひ法律事務所編
ブラック企業　今野晴貴
ブラック企業2　今野晴貴
税金　常識のウソ　神野直彦
売る力　鈴木敏文
日本型モノづくりの敗北　湯之上隆
詐欺の帝王　溝口　敦

さらば！　サラリーマン　溝口　敦
トヨタ生産方式の逆襲　鈴村尚久
グローバリズムが世界を滅ぼす　エマニュエル・トッド　ハジュン・チャン　柴山桂太・中野剛志・藤井聡・堀茂樹
税金を払わない巨大企業　富岡幸雄
消費税が国を滅ぼす　富岡幸雄
あなたの隣のモンスター社員　石川弘子
新自由主義の自滅　菊池英博
安売り王一代　安田隆夫
働く女子の運命　濱口桂一郎
人工知能と経済の未来　井上智洋
「公益」資本主義　原　丈人
お祈りメール来た、日本死ね　海老原嗣生
２０４０年全ビジネスモデル消滅　牧野知弘
生き返るマンション、死ぬマンション　荻原博子
最強の相続　荻原博子
ルポ　税金地獄　朝日新聞経済部
日本株式会社の顧問弁護士　児玉　博
自動車会社が消える日　井上久男

日産VS.ゴーン　井上久男
新貿易立国論　大泉啓一郎
世界史を変えた詐欺師たち　東谷　暁
日銀バブルが日本を蝕む　藤田知也
ＡＩが変えるお金の未来　坂井隆之・宮川裕章＋毎日新聞フィンテック取材班
なぜ日本の会社は生産性が低いのか？　熊野英生
会社員が消える　大内伸哉
キャッシュレス国家　西村友作
農業新時代　川内イオ
総会屋とバブル　尾島正洋
吉本興業の約束　大﨑　洋　坪田信貴

◆世界の国と歴史

ローマ人への20の質問　塩野七生
歴史とはなにか　岡田英弘
常識の世界地図　21世紀研究会編
食の世界地図　21世紀研究会編
新・民族の世界地図　21世紀研究会編
カラー新版 地名の世界地図　21世紀研究会編
フランス7つの謎　小田中直樹
一杯の紅茶の世界史　磯淵 猛
新約聖書Ⅰ　新共同訳 佐藤 優解説
新約聖書Ⅱ　新共同訳 佐藤 優解説
佐藤優の集中講義 民族問題　佐藤 優
池上彰の宗教がわかれば世界が見える　池上 彰
池上彰の「ニュース、そこからですか!?」　池上 彰
新・戦争論　池上 彰 佐藤 優
大世界史　池上 彰 佐藤 優
新・リーダー論　池上 彰 佐藤 優

第一次世界大戦はなぜ始まったのか　別宮暖朗
イスラーム国の衝撃　池内 恵
「ドイツ帝国」が世界を破滅させる　エマニュエル・トッド 堀 茂樹訳
シャルリとは誰か？　エマニュエル・トッド 堀 茂樹訳
問題は英国ではない、EUなのだ　エマニュエル・トッド 堀 茂樹訳
中国4・0　エドワード・ルトワック 奥山真司訳
戦争にチャンスを与えよ　エドワード・ルトワック 奥山真司訳
日本4・0　エドワード・ルトワック 奥山真司訳
21世紀 地政学入門　船橋洋一
地経学とは何か　船橋洋一
熱狂する「神の国」アメリカ　松本佐保
ドナルド・トランプ　佐藤伸行
大学入試問題で読み解く「超」世界史・日本史　片山杜秀
ベートーヴェンを聴けば世界史がわかる　片山杜秀
戦争を始めるのは誰か　渡辺惣樹
第二次世界大戦アメリカの敗北　渡辺惣樹
米中激突、　陳 破空 山田智美訳
知立国家 イスラエル　米山伸郎

1918年最強ドイツ軍はなぜ敗れたのか　飯倉 章
人に話したくなる世界史　玉木俊明
トランプ ロシアゲートの虚実　小川 聡 東 秀敏
世界史の新常識　文藝春秋編
ヘンリー王子とメーガン妃　亀甲博行
コロナ後の世界　ジャレド・ダイアモンド ポール・クルーグマン リンダ・グラットン マックス・テグマーク スティーブン・ピンカー スコット・ギャロウェイ 大野和基編
パンデミックの文明論　ヤマザキマリ 中野信子
盗まれたエジプト文明　篠田航一
歴史を活かす力　出口治明

(2020. 12) B
品切の節はご容赦下さい